間諜教室 04

「夢語」一 緹雅

U0026184

Kadokawa
Fantastic Novels

SPY ROOM

code name

夢語

YUMEGATARI
Need Me
少女誘惑中♥

百鬼 code name
花園 code name
冰刃 code name

間諜教室

SPY
ROOM

「夢語」緹雅

04

竹町

illustration

トマリ

Kadokawa Fantastic Novels

彩頁、內文插畫／トマリ
槍械設定協助／アサウラ

SPY ROOM

the room is a specialized institution of mission impossible

code name yumegatari

CONTENTS

序章　紫蟻①

the room is a specialized institution of mission impossible
code name yumegatari

「蜘蛛，你覺得人類最能夠發揮『人性』的行為是什麼？」

穆札亞合眾國——世界最強的經濟大國。

沒有直接參與先前的世界大戰，而是持續向同盟國供應武器和糧食。隨著大戰長期化，該國的國力突飛猛進，當許多國家仍殘留著世界大戰所留下的傷痕，穆札亞合眾國已成長為掌握世界經濟命脈的大國。

如今，這個合眾國儼然已成為世界的中心。

該國西部的都市米塔里歐裡高樓大廈林立，人們彷彿在享受這個世界的春天般昂首闊步。電視上開始播映節目，人們在運動酒吧裡看著棒球轉播高聲歡呼。年輕人轉搭地下鐵來到音樂廳；上流階層則聚集在超過五十層的大樓內，參加黑白電影的試映會。

那座都市之中，有兩名奇特的男人。

這裡是位於米塔里歐中心的威斯波特大樓四十七樓的瞭望台。供觀光客參觀的瞭望台早已過了營業時間，此時只有兩人的身影。

高樓大廈林立的夜景當前，一名頂著蘑菇髮型的男人發出「喔耶～」的怪異歡呼。他雖然身穿高級西裝，但是那副悠然自得的神情和怎麼看都像是蘑菇的髮型，讓他顯得很不起眼。

——加爾迦多帝國的間諜「白蜘蛛」。

而他身邊還站了另一名神情爽朗的男性。

男人問完「人類會發揮人性的行為是什麼？」之後沉默片刻，不久便自己說起答案。

「那無疑便是留下遺言。想像死後的世界，並將想法化為言語留下，那是唯有人類這種生物才具備的能力。」

「哇啊～好驚人的大樓群。」

「……蜘蛛，你有在聽我說話嗎？」

「哎呀，我也是第一次來這裡。真羨慕紫蟻大哥可以一直待在這樣的城——」

某樣東西擦過白蜘蛛的臉頰。

啪滋聲響起，反應慢半拍的白蜘蛛自豪的頭髮逐漸燒焦。

白蜘蛛一屁股跌坐在地，放聲慘叫。

「等等！我差點就要觸電死翹翹了耶！」

「蜘蛛，你的反應還是一樣廢耶。」

被喚作「紫蟻」的男人握著電擊棒這麼說。
「都是不聽我說話的你不對啦。你應該要死三次才對。」
那名男性渾身散發出柔和的氛圍，神情溫柔到甚至讓人覺得很適合擔任幼兒學校的教職員或護理師。和白蜘蛛不同，他一身筆挺的深藍色兩件式西裝，頭上戴著時髦的帽子。一雙線般細長的眼睛，從長長的瀏海之間隱約顯露。
紫蟻——他也是加爾迦多帝國的間諜。
和白蜘蛛同為間諜團隊「蛇」的一員，暗中活躍於全世界。
「因為紫蟻大哥你講太久了嘛～」
白蜘蛛一副滿不在乎地站起身，拍拍衣服。
「算了。大哥，有任務。」
「任務？奇怪，你為何要提那種不識趣的話題？」
「派任務給間諜哪裡不識趣了？」
「我還以為你是因為愛慕我這個大哥，才來見我的。」
「怎麼可能啊。」
白蜘蛛搔搔頭，從窗戶注視樓下。
「從下個月開始，這棟威斯波特大樓內將舉辦為期半年的托爾法經濟會議。名稱雖然聽似氣派，實際上卻是一場聯合國方面的企業和官僚所進行的利權鬥爭。聯合國的成員們彼此衝突，討論要如何瓜分大戰之後一團混亂的托爾法大陸。」

紫蟻嘟噥了一句「真教人作嘔」。

托爾法大陸是受到先進國家殖民的地區。從前加爾迦多帝國在此也握有殖民地，但是後來因戰敗而放棄，交給了聯合國。大戰結束至今十年，聯合國的成員們似乎依舊圍繞著托爾法大陸的支配權爭執不休。

然後，為釐清利權而展開的長期會議即將開幕——無視托爾法大陸各國的意願。

紫蟻嘆了口氣。

「你是要我操縱那場會議，使情勢對帝國有利嗎？」

「不，那件事情我來負責。我有別的工作要交給大哥。」

白蜘蛛望向紫蟻。

「這場會議將聚集來自世界各國的間諜。芬德聯邦ＣＩＭ會派出團隊『雷提亞斯』全員，別馬爾王國的『阿卡札姊妹』和『影種』也確定會現身。穆札亞合眾國的防諜機關ＪＪＪ的菁英應該也會在，其中『麒麟』和『靈龜』這兩個人需要特別留意。至於來歷不明的間諜『櫻華』，應該也不會錯過這麼重要的會議才對。總之，各國的頂尖人物將齊聚一堂。」

白蜘蛛扭曲嘴角。

「——把他們全殺了。」
「這話聽起來真嚇人啊。」
紫蟻用手摩擦後頸。
如今是一個間諜在全世界暗中活躍的時代。說起這場決定世界趨勢的長期會議將有多少間諜參與，包括穆札亞合眾國的防諜機關在內，恐怕會超過千人吧。
儘早除掉礙眼的存在，這項冷酷指示的意思便是如此。
「而且殺戮這件事實在太不風雅了。加以操控而不取其性命，才是間諜的本分不是嗎？」
「大哥，可是你並不擅長留活口啊。」
「…………」
「交給你嘍。那傢伙聽說也會來——就是迪恩共和國對外情報室的潛力股『燎火』。」
原來如此，紫蟻點頭回應。
讓加爾迦多帝國長年嘗到苦頭的共和國也將參戰。儘管國力弱小，卻必定會在左右世界趨勢的局面上露臉。然後，該國近年來被謠傳是稀世怪物的男人——「燎火」。
紫蟻露出笑容，揮舞右手的電擊棒。
白蜘蛛發出可恥的驚叫聲，在千鈞一髮之際避開。
「就跟你說了！不要胡亂揮舞電擊棒啦！」

「還不是因為你的口氣很囂張。你應該要死三次才對。」

「……呃，可是我覺得我的口氣很正常啊。」

「以我的標準來看很囂張。」

紫蟻在白蜘蛛的臉前方，捏爛手裡的電擊棒。

「不用擔心——因為在米塔里歐這個地方，我就是王者。」

對著表情僵硬的白蜘蛛，紫蟻泛起微笑。

◇◇◇

「說完那句話至今，已經過了快一個月了啊。真是時光飛逝。」

紫蟻在祕密基地裡嘆道。

這裡是會員制的酒吧，位在米塔里歐只有少數幾人才知道的地下室。是一個有著細窄吧檯，和昏暗的間接照明的寧靜空間。

紫蟻啜飲可樂。他不嗜酒精。

這一個月來，他反覆進行暗殺，至今已殺害四十八名間諜和祕密警察。沒有人察覺是他下的毒手，應該任誰也追查不到他身上來。

然後，這一天他又有了一樣成果。

「小姐，妳要喝什麼酒？」

紫蟻對坐在隔壁的「她」問道。

「她」發出痛苦的呻吟。

「噢，不好意思。」紫蟻低頭致歉。「我忘記妳的肚子上開了洞。對淑女不夠體貼，是我失禮了。其實我是女權主義者。」

「她」面露苦悶的表情。臉上汗水噴發，雜亂的頭髮底下，透出彷彿要射殺對方、充滿恨意的目光。鮮血從看似痛苦地按壓的側腹流出。

「妳是迪恩共和國的間諜對吧？看起來比我想像中要年輕許多。可以請問妳叫什麼名字嗎？」

「…………」

「唔嗯，傷腦筋耶。沒想到妳連名字也不肯告訴我。」

紫蟻嘟囔。詢問對方的遺言，就好比是他的人生職志。將對方捕獲而不取其性命，對他而言是一件罕事。什麼也不問就殺死對方實在太浪費了。

「妳該不會是在等人來救妳吧？」

「……………」

「對方是『燎火』嗎？對了，我記得同伴們都叫他克勞斯？啊，妳放心，我也很樂意見到他來。」

「…………」

「既然如此，我們就在等他的同時聊聊天吧。我看，就來依序回顧你們向我挑戰，最後卻淒慘落敗的經過如何？」

紫蟻對遭到囚禁的「她」微笑。

「最後，再讓我來猜猜看——被逮到的妳叫什麼名字。」

那是沒有一線希望，令人絕望的猜名字遊戲。

那麼就從你們造訪這個國家的原委說起吧，紫蟻說道。

1章 集結

the room is a specialized institution of mission impossible
code name yumegatari

世界上充滿了痛苦——

被稱為世界大戰的史上最大戰爭結束至今，已經過了十年。目睹慘狀的政治家們捨棄軍事力量，改採利用間諜來壓制他國的政策。

各國紛紛強化諜報機關，展開由間諜所上演的影子戰爭。

「燈火」是迪恩共和國的間諜團隊。

他們當前的目的，是舉發名為「蛇」的來歷不明諜報機關。在完成國內任務的過程中，他們成功逮捕到握有「蛇」的情報的間諜，並在得到「蛇」在穆札亞合眾國出沒的消息後，決定展開搜查。

成員們開始為了即將到來的決戰進行準備。

情況和之前在國內和鄰國加爾迦多帝國出任務時不同。這次他們所要前往的地點，是語言和文化皆大不相同的合眾國。從偽造護照，到製作假經歷、確認如何在當地調度槍枝等等，要做的事情堆積如山。

照理說，這些作業只會加深成員對任務的不安及憂鬱。

——但是，成員們的情緒卻十分高昂。

◇◇◇

正當緹雅走在走廊上時，院子裡忽然傳來慘叫聲。

「嗶嘰嘰嘰嘰嘰嘰嘰嘰嘰嘰嘰嘰嘰嘰嘰嘰嘰嘰嘰嘰嘰！」

「——嗄？」

簡直有如死前哀號的聲音。生命消散前的恐怖尖叫。

不過話說回來，「嗶嘰嘰嘰嘰嘰」是怎麼回事？

（究、究竟發生什麼事了……？）

這是一早發生在「燈火」的根據地，豪華洋房陽炎宮中的事情。

事件的發生令緹雅感到困惑。

這名少女的特徵是擁有烏黑亮麗的長髮，以及凹凸有致的身材，渾身散發出不像是十八歲的嬌媚魅力。她的代號是「夢語」。

前往傳出慘叫的中庭，只見兩名少女在那裡互瞪。

「哈！這次的十公里賽跑是我贏了。」

「……！妳這個體力笨蛋。在下還有體力再比一次喔。」

看樣子，她們剛才似乎在比賽跑步。

「呼……既然這樣，那接下來要連續比十公里賽跑、射擊和格鬥嗎？……呼，由我拿下『燈火』最強稱號的時刻總算到了。」

一邊喘氣，一邊露出得意笑容的是「百鬼」席薇亞。她的特徵是擁有野獸般的緊實身材，以及凜然的銳利眼神。

「只不過是跑贏一次十公里賽跑，就以為贏過在下了？要比是嗎？樂意之至。」

另一方面，以一副無所謂的態度回嗆的是「冰刃」莫妮卡。這名少女的身材中等，感覺除了個性十足、左右不對稱的藍銀髮外毫無特徵。

席薇亞和莫妮卡在中庭你來我往地爭吵。

「話說，如果只看十公里賽跑，應該是我贏沒錯吧？」

「啥？在下只是碰巧狀況不佳啦。」

「哈！妳每次都用這種老掉牙的藉口。」

「少在那邊胡說八道。下次在下一定不會輸給妳。」

雖然好像在吵架，但是兩人的眼中都充滿了鬥志。

氣氛緊繃卻又爽朗的對決。

那麼，剛才的慘叫究竟是誰發出的呢——

「好了，百合，再跑十公里。」「百合，快起來，不要休息了。」

「嗶嘰嘰嘰嘰嘰嘰嘰嘰嘰嘰嘰嘰嘰嘰嘰嘰！」

找到了。慘叫的發生源倒在地上。

那名少女猛然坐起身，用滿是汗水的臉龐靠近緹雅。

「緹雅！請救救我！再這樣下去，我會被殺死的！」

「花園」百合。可愛的外表和豐滿的胸部，是這名銀髮少女的特徵。同時，她也姑且算是少女們的領導人。

她流著淚，緊抓著緹雅的腰部不放。

「會死！我會沒命的！一早開始，我已經連續跑不知道幾次十公里了！」

「喂，妳滿身大汗的不要抱著我。」

「這個汁液是我融化的靈魂啊～是百合我被惡魔壓榨出來的靈魂汁液！」

當百合開始做出意義不明的發言，同伴們一把抓住她的雙肩。

「抱歉驚擾您了～」「請交給我們處理～」

席薇亞和莫妮卡以業者般的口吻，將百合拖走。

「百合，要繼續訓練了。因為我們的工作是靠體力決勝負。」
「我不要！我想要成為更有智慧的間諜——」
「那是別組的工作。咱們的職責是付出勞力啦。」
看著像行李一樣被帶走的百合，緹雅想起這三人的共通點。
執行組——在團隊的最前線成功完成任務的，「燈火」的實戰部隊。
看來她們的士氣相當高昂。

緹雅回到屋內後，這次聽見餐廳傳來說話聲。和剛才的死前哀號不同，是和樂融融的愉悅語氣。
她探頭窺看。
餐廳中央，一名褐髮少女單手拿著書本，「那麼，接下來是第一百題。」地大聲說道。
她是莎拉，代號「草原」。是有著一頭捲翹的頭髮，和小動物般圓滾滾雙眼的可愛少女。平時總是露出膽怯的神情，但是此時的表情十分開朗。
莎拉清了清嗓子，高聲地說。
「最後這一題很難喔？在米塔里歐車站的西南方，有一棟四十七層樓高的威斯波特大樓，而在該大樓的八樓有一座空中庭院。假設目標坐在庭院北端的長椅上，請在一分鐘內舉出所有能夠狙擊該目標的地點。」

語畢，坐在莎拉前方的兩名少女同時動作。

她們快速閱讀攤在桌上的資料，同時翻動好幾本厚厚的書，並且用鉛筆在便條紙上寫下筆記。

搶先回答的是金髮少女。

「是五個呢！萊門特音樂廳、奈文門塔。從隔壁正在興建的大樓也有辦法狙擊。如果是最新型的狙擊槍，那麼從米塔里歐飯店也可以。還有，假如有辦法潛入，從藝術廳的管理室也能狙擊呢！」

「愚人」愛爾娜。她是擁有透白肌膚，宛如一尊洋娃娃的女孩。

回答完艱澀難題，她驕傲地挺胸哼氣。

出題者莎拉滿意地點頭。

「真不愧是愛爾娜。妳答對——」

「本小姐找到另一個了！」

打斷莎拉說話的是灰桃髮少女，「忘我」安妮特。她將頭髮雜亂地紮起，臉上戴著大大的眼罩，外型相當奇特。

「下星期，科培克西廣場上將有馬戲團進駐。可以從帳篷上面狙擊！」
「呢？」
愛爾娜吃驚地瞪大雙眼，然後就開始急忙閱讀資料。
「不、不可能呢！高度不足以將子彈射到庭院裡。」
「可是，如果目標位在北端的長椅就射得到！」
「沒有狙擊手會在馬戲團的帳篷上面射擊呢！」
「本小姐認為不可以被常識束縛！」
「呢、呢！」
愛爾娜和安妮特開始互瞪。再這樣下去，兩人恐怕真的會扭打成一團——
但是這時，莎拉拍了拍手。
「沒關係，妳們兩個都答對了。兩個人都是一百分！來吃點心當作給自己的獎勵吧。」
聽了她的話，愛爾娜和安妮特的表情瞬間變得柔和。
「呢！」「知道了！」她們開心地點頭，然後就和樂融融地前往廚房。
這時，莎拉才一副總算注意到緹雅似的驚呼一聲。
「啊！緹雅前輩，妳看到了嗎？」
「是、是啊……好厲害喔。」

「是的，她們兩人都超級優秀呢。明明是相當困難的問題，卻全都答對了。」

這種時候應該要大力稱讚嗎？

愛爾娜和安妮特這兩人不是因為能力有問題，而是因為毀滅性地缺乏與人相處的能力，才會在培育學校裡吊車尾。或許她們身上原本就蘊藏著這般潛力吧。

莎拉一臉羞愧地垂下肩膀。

「坦、坦白說，她們比小妹我要可靠多了……真教人感到哀傷……」

「不……能夠控制那兩人的妳才是最厲害的。」

「？」

在為了讓兩人順服吃足苦頭的緹雅看來，莎拉是值得尊敬的對象。

她們三人果然只要到齊，就會一口氣團結起來。

特殊組——利用變幻自如的特技輔助團隊的支援部隊。

她們似乎也正為了任務努力振作。

確認完同伴的情況，緹雅接著前往大廳。

整面黑板上，貼滿了這次的任務地點也就是米塔里歐的地圖。那張地圖上，用磁鐵固定了許多細小的便條紙。

一名紅髮少女站在黑板前。她的四肢纖細，渾身散發玻璃工藝品般縹渺虛無的氣息。她是代號「愛娘」的葛蕾特。

「我去看過同伴們了。」緹雅說道。「大家的狀況都非常好呢。甚至好到讓人傷腦筋的地步。」

「……太好了。謝謝妳，因為由緹雅小姐去確認大家的心理狀態是最合適的。」

葛蕾特以非常沉穩的語氣投以微笑。

她是緹雅的搭檔。

情報組——負責制定作戰計畫、進行指揮的後方部隊。這便是緹雅和葛蕾特的職責。

「感覺真不錯呢，每個人都不可思議地充滿幹勁。」

「那是當然的……因為大家好久沒有全員到齊了呀。」

緹雅點頭回應。

八人集結——這大概就是士氣高昂的原因吧。自從結束奪回生化武器的任務以來，團隊一直都是分成兩組行動。嚴苛的任務和麻煩接踵而至，讓人不禁時時懷念起正在執行其他任務的同伴。而這一點似乎全體成員皆然。

然後，下次任務將要面對的是「蛇」這個可怕的對手。

讓「燈火」的前身「火焰」毀滅的神祕機關——

面對未知的強敵，鬥爭心和緊張感巧妙地混合交織。

團隊無疑正處於良好狀態。

（沒錯……所有人都幹勁十足，就只有一人除外——）

緹雅感受到猶如被針扎心的痛楚。

「——緹雅小姐？」

忽然間，緹雅聽見葛蕾特呼喚自己的名字。

她赫然回神，發覺自己剛才沒有在聽對方說話。

「咦？怎麼了？抱歉，葛蕾特，我剛才有點恍神。」

「……妳沒事吧？這幾天，妳的身體狀況似乎不太好……要不要休息一下……」

「不、不用。沒關係，我沒事。」

「請妳千萬不要逞強……因為這次負責指揮的人是妳……」

那句話，讓緹雅的心再次刺痛。

——指揮官。這便是緹雅被賦予的職責。

她必須和葛蕾特共同仔細考察收集來的情報，然後分派工作給同伴們。肩負著決定任務成功與否的重責大任。

（可是我——）

身體頓時有種發冷的感覺。

「緹雅。」

這時，背後傳來說話聲。

回過頭，一名高挑的俊美長髮男性站在那裡。他是「燈火」的老大，克勞斯。

「妳可以去準備出門嗎？我想讓妳看一樣東西。」

◇◇◇

克勞斯帶緹雅來到的地方，是位於首都的某個行政區。

在靠近車站的地方，有一個內閣府、外務省林立的區塊。除了部分餐飲店、銀行、郵局外，其餘都是國家所管轄的設施。身穿西裝、給人拘謹印象的官僚們匆忙地往來穿梭。

行政區的大樓群之中，有好幾個陌生的行政單位。大概是某處的基層組織吧。就算見到「建設局道路建設部」、「法務部司法行政部」的名稱，也不曉得那是什麼樣的單位。

克勞斯駐足的地方是「內閣府世界經濟研究所」。那是一棟三層樓高的小型樓房。

乍看之下，那個設施和兩人毫無關聯——

「這是對外情報室所有的建築之一。」

克勞斯語畢，便走進建築內。對櫃檯人員說「在444號室會面」後，接過對方遞出的鑰匙，就沿著燈光昏暗的走廊而行。

大理石地板發出「喀喀喀」的聲響。

「吶，老師。」緹雅問道。「這裡是什麼地方？你差不多該告訴我了吧。」

「一言以蔽之就是監獄。」

克勞斯簡短回答。

「對外情報室逮捕到的間諜會被關在這裡。」

迴盪在走廊上的腳步聲起了變化，感覺像是有了空洞。克勞斯以一定的節奏踩響地板好幾次後，地板便產生位移，出現隱藏的階梯。

「我覺得有必要先讓妳見上一面。」

見到克勞斯率先走下階梯，緹雅也屏氣凝神地邁出步伐。緹雅一來到地下室，不知道是什麼原理，出入口立刻就自行關閉了。

內部的樣式出乎意料地現代。除了沒有窗戶這一點，其餘和一般設施相同。地上鋪著酒紅色的地毯，被燈光照得通亮的走廊向前延伸。

儘管途中經過好幾間單人牢房，卻看不見裡面，只聽見內部不時傳來啜泣聲和叫喊聲。

緹雅不由得停止呼吸。

——世界上充滿了痛苦。

這句話沒有所謂對錯。只不過，這確實是一個殘酷的世界。

克勞斯在一個房間前停下腳步，毫不躊躇便打開門鎖。門發出「嘎鏗」的巨響開啟。

裡面是一間單人牢房。只有床和廁所的空間。

緹雅瞬間回想起遭人綁架的過去，不禁屏息。她不想在這裡久待。

床上坐了一個男人。

「嗨，燎火。沒想到你會來找我。」

「咦——」緹雅目瞪口呆。

她知道男人是誰。因為她前幾天才和他面對面，以互相廝殺的敵人身分。

加爾迦多帝國的間諜。冷酷無比的刺客。

共和國將其取名為——「屍」。

「我好想你喔，想到只要有弱者來就會把對方殺了的地步。」

男人以突出的雙眼瞪著克勞斯。

男人本來就瘦到令人毛骨悚然，然而大概是牢獄生活的關係吧，現在的他又更加削瘦，讓人覺得他是不是只靠骨頭和皮活著。

「『屍』……不對，你在帝國的名字是『潭水』。」

「叫我羅蘭就好。」他笑道。「以後就這麼稱呼我吧。我比較習慣這個名字。」

「……算了，還是叫『你』好了。」

「你很冷淡耶。虧我們還是互相殘殺的關係。」

男人——羅蘭露出不懷好意的笑容。

和心情似乎很好的對方形成對比，克勞斯的表情則顯得僵硬。

「你將這裡的兩名拷問官打得半死不活對吧？這麼做根本沒有意義。」

「因為他們束縛得太鬆散，盡是破綻嘛。」羅蘭滿不在乎地說。「再說，那麼做並非沒有意義。」

「怎麼說？」

「因為你親自來了。」

羅蘭站起身，開始啃咬自己的指甲，讓尖端變得像刀子般銳利。

「吶，燎火，這次我們一對一單挑吧。我不會再大意了。」

「我沒那種時間。」克勞斯回答得十分冷淡。

「噢，是嗎？既然這樣——」

羅蘭揚起嘴角。

「——那我現在就殺了那個女人。」

他的身體忽然浮了起來。那是沒有半點多餘動作，俐落到給人那種感覺的跳躍。那副削瘦的肉體究竟哪來的肌肉？他朝牆壁一踢，順勢飛越克勞斯，將手伸向緹雅的喉嚨。速度之快，簡直超乎常人。

就在尖銳的指尖即將觸及緹雅的頸動脈時——羅蘭的身體停止了。

克勞斯的拳頭擊中他的太陽穴。

在瞬間的僵硬之後，他的肉體隨著巨響重重撞上牆壁。

「連遊戲也談不上。」

克勞斯甩甩拳頭。

緹雅完全反應不過來的格鬥戰似乎已經發生，克勞斯取得壓倒性勝利的結果。

「羅蘭，你已經輸了。乖乖交出情報吧。」

「唔……！」

「『蛇』的一名成員正潛伏在合眾國的米塔里歐，參與托爾法經濟會議。這點沒有錯吧？」

羅蘭在地板上呻吟。

不久，他口中傳來悲慘的說話聲。

「……是啊，我之前幫過那人的忙。」

「詳細的潛伏地點和對方的特徵呢？」

「我不是已經說過好幾次了？」羅蘭咬牙切齒地瞪著克勞斯。「放我出去。這麼一來我就告訴你。」

「你以為那麼好康的事情會發生在你身上？」

克勞斯露出冷峻的眼神。

看起來依舊痛苦的羅蘭吐了一口口水，嘆著氣坐在床上。他拿起擺在床邊的玻璃杯喝水，等到水喝光了，他的態度也已恢復冷靜。

「但是，你打算怎麼做？你什麼情報也沒有就想挑戰嗎？」

「這一點不需要你擔心。」

「很可惜，拷問和自白劑對我不管用。然後，假使沒有情報就去挑戰——」

羅蘭滿臉嘲諷地歪斜嘴角。

「你們將被『紫蟻』虐殺。」

「紫蟻」——那似乎就是潛藏在米塔里歐的「蛇」的成員。

但是，即使得知代號，也無從擬定對策。

對於羅蘭的話，克勞斯好像早就知情。只見他面不改色，依舊以冷酷目光說：「真是無聊的威脅。」

「這不是威脅。」羅蘭一臉得意。「實際上，你的同伴確實被『蛇』殺了對吧？你的國家應該有收到不明寄件者寄來的，心臟被挖出來的遺體。」

「……………」

「我敢預言，你將再次失去同伴。」

鏗鏘有力的語氣。彷彿背後有足以支撐的根據一般。

緹雅感到困惑、不安。心中充滿想脫口說出「聽聽他怎麼說吧」的衝動。

儘管她很清楚那是甜蜜的誘惑，讓人心生動搖正是對方的目的。

然而克勞斯卻不為所動。

「再談下去也是白費唇舌。」語畢，他轉身離去。

羅蘭口中傳來帶著煩躁的咂舌聲。

懷著奇妙的心情旁觀兩人的互動，緹雅也朝單人牢房外走去。可以的話，她想儘快離開那個空間。

「這樣啊。既然如此，燎火，我就告訴你一件事吧。」

結果，背後傳來低沉的說話聲。

「勸你最好把那個黑髮小鬼踢出團隊。」

「！」

緹雅不由得停下步伐。

羅蘭臉上露出嘲弄的笑意。

「之前和我交手時，這傢伙什麼也做不了。就只是怕得發抖，不停地逃跑而已。我勸你最好在她成為累贅之前，把她趕出去。」

身體頓時發熱。

他的話無疑是事實。以前和他對峙時，緹雅唯一能做的就只有發抖。即使同伴莫妮卡挺身對抗，她依舊徹底萎靡不振。

羞愧的緹雅好想立刻逃走——

「對了，我也有一件事情想問你。」

但是，克勞斯依舊眼神冷酷地轉身。

「像你這樣的弱者，為什麼會將我視為對手？」

「……！」

這次，換成羅蘭臉上浮現動搖的神色。

「什麼『命中注定的對手』、『一生的競爭對手』，你的誤會也太丟臉了吧。你究竟是聽信了什麼樣的謠言啊？去照照鏡子吧——你的間諜生涯已經結束了。」

說完這番冷酷無情的話之後，克勞斯離開單人牢房。

緹雅離去之際，瞥了一眼羅蘭。

只見他漲紅了臉，神情悔恨地捶打牆壁。

離開地下室，克勞斯對緹雅開口。

「抱歉。」

難得的謝罪。

「我覺得應該要讓負責指揮任務的妳和情報來源見面。我無意讓妳身陷危險，也沒料到那傢伙會做出無聊的挑釁。」

「不，老師並沒有錯……」

緹雅左右搖頭。

她明白克勞斯的意圖。任務的開端是「屍」，也就是羅蘭的證詞。緹雅很高興他特意讓自己在場一同確認證詞的真偽。

但是——已經到極限了。

內心不停地發出哀號。

「老師……」緹雅朝著他的背影喚道。「羅蘭說的都是事實。我確實只是怕得發抖而已。」

「這樣啊。」

「由我來當指揮官真的好嗎？」

緹雅很清楚，這是窩囊至極的喪氣話。儘管如此，她還是想問。

以同伴的生命作為賭注，下達指示──這樣的重責大任，幾乎快要壓垮她的心。

可能是燈光昏暗的關係，她看不見克勞斯臉上的表情。他現在的眼神大概很失望吧。

緹雅按住自己的胸口，接著說。

「我……以前幫助過敵方間諜逃亡。」

「…………」

「而且是故意的喔。我對同伴下達指示，幫助了敵人。」

克勞斯一副早就知情般「這樣啊」地點頭回應。

那是發生在幾天前的事件。

瑪蒂達──與自稱是安妮特的母親的人物相遇，察覺她是敵方間諜之後，緹雅決定放她走。

她說服反對自己的同伴，徹底伸張自己心中的正義。

可是，那非常有可能是敵人的策略。

——『緹雅小姐，妳真是太沒用了。』

緹雅一直忘不了，瑪蒂達這樣嘲笑她時的眼神。

「其實我有自覺……我太輕敵了。」

原因出自她的崇拜對象所說的話。

一名叫做「紅爐」的間諜，曾經對緹雅這麼說：

——『妳要以成為英雄為目標。』

那句話，正是緹雅立志成為間諜的原因，但如今卻感覺像是一道捆縛咒語。

超越拯救本國國民的間諜，連敵人也伸出援手的英雄。現實明明白白地擺在眼前，說明那份理想只是夢話。光憑自己天真的思想，只會將同伴逼入絕境。

「我不適合指揮。應該像以前一樣，由老師負責指揮才對。」

不管怎麼想，負擔都太沉重了。

而且，最初的不可能任務不都是由克勞斯來指揮嗎？研擬計畫和傳達情報雖然是由少女們負責，但是負責做出最後決策的人是他。這次也一樣由他來做就好。

可是，克勞斯嘆了口氣。

「我無法接受妳的提議。」

「為什麼……？」

「敵人的情報太少了。在幾乎沒有情報的狀況下，必須小心摸索才有可能逮捕敵人。所以，必須由我站在充滿風險的最前線不可。」

「……！」

面對克勞斯的冷靜判斷，緹雅無可反駁。

他說得沒錯，之前的敵人都能事前獲得情報。敵人不是克勞斯的師父，就是能夠藉由同胞的犧牲來獲取情報，進而擬出對策。

然而，這次不同。

除了克勞斯，有誰能夠冒著生命危險去蒐集情報呢？

「妳不要太鑽牛角尖了。」

他的語氣十分溫柔。

「就如同我之前說過的，成員之間的分歧會讓組織變強。既然冷酷有時能夠拯救團隊，那麼妳的天真拯救團隊的時刻必定也會到來。」

——那會是什麼時候？

——在那之前，得受幾次傷才行？

——明明有可能因為安逸的心態而失去同伴？

好想像幼兒一樣接連發問。但是，克勞斯已經走出大樓，攔了一輛計程車。現在已經不能再談論任務的話題了。

兩人坐進後座之後，計程車隨即發動行駛。

「到了車站後，要不要去吃午餐？就當作是轉換心情吧。」

克勞斯的態度異常地溫柔。

平時，他對緹雅多半很冷淡，有時甚至會表現出嫌惡的態度，但是此刻的語氣卻讓人感受到撫慰。

「老師……你是想安慰我嗎？」

話語不由自主地從口中吐出。

「你連這麼沒出息的我也不願放棄嗎……？」

克勞斯「是啊」地即刻回答。

「沒關係，因為照顧部下的心理狀態也是我的工作——」

緹雅抓住克勞斯的手臂。

「謝謝你。那麼請你快點到飯店和我上床。」

「妳突然在計程車上胡說八道什麼？」

他的口氣頓時變得非常冷淡。

覺得自己遭到背叛了，緹雅瞪著克勞斯。

「你很過分耶！你剛才明明說要安慰我！」

「我只是想介紹美味的餐廳給妳而已。」

「放心吧，我也會把葛蕾特叫到飯店來的。」

「不要隨便製造地獄。」

克勞斯按著額頭，嘴裡嘀咕著：「……妳有時候真的比百合還要麻煩耶。」這句話不僅狠毒，還是以「百合＝麻煩」為前提的粗暴言論。

可是，緹雅依舊不肯罷休。

（可是人家不知道其他排憂解悶的方法嘛……）

既然他同意要安慰我，就非得讓他負責到底不可。

區區幾句溫柔的話才無法滿足我呢。

「司機，可以麻煩右轉嗎？有間飯店我一直都很想去，聽說房間裡面有滑水道呢。」

緹雅從後座對司機說。

絲毫不把滿臉嫌惡的克勞斯放在心上。

可是，計程車駛過了緹雅想要轉彎的十字路口。

「啊，我好像應該早點說喔。」

重新打起精神，緹雅再次說道。

「既然這樣，請在下一個轉角右轉。這一帶有最高級的飯店，不僅浴室非常大，還會發出七彩光芒喔。」

克勞斯吐槽「妳知道得太清楚了」，但是緹雅不予理會。到時只要連同計程車一起入住就好，絕對不能讓他逃了。

——可是，計程車再次通過了十字路口。

這一次，就連緹雅也覺得奇怪了。

為什麼這位司機要一直往前開呢？而且車速從剛才開始就好快？

「那、那個，兩位客人。」

望向駕駛座，坐在那裡的是一名臉色蒼白的女司機。那名女性年約三十五歲左右，長相十分老實。

「對不起，這、這輛車從剛才開始就怪怪的。」

她的聲音發抖。

以染上恐懼的表情說道。

「時速只能維持在六十公里，降不下來。」

不同於愕然失語的緹雅，克勞斯很快就做出判斷。

他小聲嘀咕了一句「恕我失禮了」便揪住女司機的衣領，將她拉到後座，然後取而代之跳進駕駛座。

他握住方向盤，迅速確認計程車的狀況。

「煞車失靈，就算不踩油門也會直直往前開，手煞車也沒效……和一般的故障不同。」

克勞斯一度望向副駕駛座，然後透過後照鏡注視著女性。

「最近妳的日常生活有發生什麼怪事嗎？」

「怪事嗎？」女性移開視線。「這該怎麼說呢……」

「我已經察覺到了，妳被某人抓住把柄，並因此遭受威脅。我沒說錯吧？」

「你、你怎麼會知道？」

「不自覺就察覺到了。好了，快點告訴我。」

女性先是神情困惑地眼神飄移，不久便小聲地開口道來。

「是、是盜領。我有時會從事務所的金庫拿錢出來，但是最近一個長了落腮鬍的男人跟我說『我知道妳犯了什麼罪』，害我不敢反抗他……」

◇◇◇

「然後呢？」

「他指示我，要我讓你們坐上計程車。」

看樣子，她似乎是被迫參與敵人的計畫。

克勞斯「原來如此」地微微點頭。

「我已經明白實際狀況了。把妳捲進我們的事情裡雖然很抱歉，不過追根究柢，這完全是妳咎由自取。妳應該要好好反省才對。」

「是……」

克勞斯單手握著方向盤，一邊在擺在計程車內的便條紙上振筆疾書，遞給女性。

「之後妳打電話到這裡，對方會支付賠償金給妳。妳就記取這次的教訓，金盆洗手吧。」

「你、你們究竟是什麼人……？」

「不要多問。閉上眼睛，捂住耳朵。我不會害妳的。」

女性接過便條紙，便遵照克勞斯的吩咐用雙手捂住耳朵，低下頭來。

在此同時，計程車依舊以時速六十公里的速度在街上奔馳。要轉彎恐怕很困難。儘管現在可以直線前進，但是遲早會遇上紅燈，然後屆時必定會發生事故。如今一切只能仰賴克勞斯的開車技術。

眼見危機將至，緹雅不禁發出悲鳴。

「老、老師，這是怎麼回事？到底發生什麼——」

「消除氣息的技術變高明了呢。」

克勞斯拍拍副駕駛座。

「——安妮特，是妳搞的鬼吧？」

結果，副駕駛座的座椅開始隆起，少女的頭像是咬破座椅底部似的冒出來。

「本小姐被發現了！」

是安妮特。

簡直好比座椅長出了腦袋一樣，唯獨安妮特的頭露了出來。她究竟對計程車做了多大的改造啊？

「妳、妳怎麼會在這裡？」

「本小姐受百合大姊之託前來傳話！」

只有一顆頭的安妮特說道。

「『老師，如果你希望我們讓這輛計程車停下來，就請認輸。』」

聽了這句話，緹雅總算明白這是怎麼一回事了。

是訓練。少女們無時無刻都在努力投入的——讓克勞斯「投降」的比賽。

對於百合的提議，克勞斯說道「太離譜了」。

「『由於我猜你恐怕會拒絕，所以就慢慢地解釋好了。沒錯，就是你想的那回事，只不過這次的計畫比平常更縝密喔。是在執行大型任務之前，使出渾身解數的襲擊！請好好品嘗在經歷數次國內任務之後，我們有所成長的實力！』」

大概是傳話到此結束了，安妮特閉上嘴巴。

聽完這番說明，克勞斯顯得心情絕佳。

「——好極了。」

還喃喃地這麼說。

他闖入亮起紅燈的十字路口，一邊按喇叭一邊駛過大馬路。明明只要稍有差池就會釀成重大事故，然而他卻毫無懼色。

「說得也是，其實我也很想確認看看妳們成長了多少。那好吧。」

反而看起來樂在其中。

克勞斯好像突然有了幹勁。但是站在緹雅的立場，她實在很希望他能立刻宣布投降。

這時，安妮特開始扭動身體，讓全身從副駕駛座的座椅底下鑽出來。她的背上揹了一個巨大的包包。從形狀來看，似乎是安全氣囊。

她來到後座，揪住女司機的衣領。

「那麼，本小姐先告辭了！」

她好像打算和司機一起逃出計程車。

「咦？安妮特，那我呢？」

緹雅急忙詢問，結果對方精神飽滿地回答「會超過安全氣囊的承載人數上限！」。

「緹雅大姊是人質！請負責扯大哥的後腿！」

「咦………………」

「本小姐要跳走了！」

安妮特一操作手裡的遙控器，計程車的門旋即打開，接著她便和女司機一起從疾駛的計程車跳了出去。途中，安全氣囊開啟，兩人大大地彈跳，在人行道上翻滾。

失控的計程車上，只剩下緹雅和克勞斯兩人。

緹雅迅速掌握現況。

——同伴的襲擊，讓我不知為何身陷生命危機！

「感覺我好像被分配到非常吃虧的角色？」

她急忙繫上安全帶，大聲叫喊。

「老、老師，現在馬上停車！反正你一定辦得到吧？」

「可以是可以，不過停車之後會出現破綻。」

克勞斯一副老神在在的樣子。

「對方可是安妮特。她想必有做好讓車子一停下就立刻爆炸的準備。」

「我想要現在就下車！」

「我會暫時離開市區，在發訊器接收不到訊號的地方停車。」

語畢，克勞斯突然轉動方向盤。

原本急速行駛的車子在道路上橫向滑行。儘管暫時減速了，但是油門旋即催動，車子又再度向前猛衝。

好像勉強成功左轉了。

計程車在被大卡車輾爛前一刻加速，往山的方向駛去。

克勞斯似乎學會了如何轉彎，只見他心領神會地微微點頭。技術真是高超。

「……真奇怪。」

克勞斯低語。

「為什麼是六十公里？明明速度再快一點也不成問題啊。」

「我倒覺得問題很大……」

「輕易就能左轉了。」

「那是老師你才辦得到啦。」

不過，克勞斯提出的疑問也頗有道理。

假使真想陷害克勞斯，時速大概需要兩百公里。應該吧。

「她們會不會是害怕真的引發事故，才會降低速度呢？」

「原來如此。還有其他可能性嗎？」

「這個嘛，比如出於不讓老師受傷的溫情？」

「那些傢伙有溫情這種東西嗎？」

「…………」

沒有。

就連對克勞斯懷有好感的葛蕾特，只要扯到訓練一事便會毫不留情。她曾認真地說過，她想獲得勝利讓老大好好休息。

莫非有其他意圖？

少女們的目的，在計程車穿過市區、開始駛入山路時揭曉了。

「是鳥啊。」

克勞斯喃喃地說。

聽到那句話，緹雅將頭探出窗戶，結果發現上空有一隻胖胖的鴿子在飛，而且正好就飛在計程車的正上方。由於車子構造的關係，車內的人無法看見正上方，所以之前完全沒有察覺。

「這麼說來，和發訊器無關，是莎拉的寵物在追蹤計程車了。」

「原來如此。六十公里是鴿子可以追上的速度……」

其他同伴以鴿子為標誌，捕捉克勞斯的位置。好聰明的做法。

就在這時，莎拉的身影出現在民宅屋頂上。她站在那裡，朝著駕駛座上的克勞斯露出滿面笑容。

——小妹正在追蹤你喔。你別想逃！

她志得意滿地露出那樣的嘴型。

之所以不見老鷹巴納德的身影，可能是因為牠正在療傷吧。

車子逐漸駛入山路，可是鴿子依舊拚命地追趕。牠的體力和速度還真不錯。本來聽說牠是信鴿，現在則代替前輩巴納德完成工作。沒記錯的話，牠好像名叫艾登。

「關於要在哪裡停車這件事，」

等到四周沒有人影了，克勞斯這麼說。

「接下來得靠互相揣測了。對方知道我們的所在之處，所以有可能會先繞到前方，趁停車時一齊發動攻擊。」

「麻、麻煩請在安全的地方停車。」

「再往前一點，有一個大彎道和樹林。如果能抵達那裡，就可以利用彎道一邊打滑，一邊撞上樹木讓車子停下來——」

「那樣一點都不安全！」

「但問題是那些傢伙。」

注意到時，周圍已是被樹木環繞的山路。常綠樹在道路兩旁茂密叢生，視野很差，而且只有一線道。

車子的速度依舊是六十公里，沒有減速。

在這個速度下，要衝進路旁的樹林讓車子停下是不可能的。克勞斯說得沒錯，看來確實有必要抵達路幅寬廣的彎道。

就在這個時候，克勞斯蹙起眉頭。

「果然來了啊——緹雅，五秒後，我們從後座的右側跳車。」

「啥？」

「雖然破綻很多，但也沒辦法了。這輛計程車將會翻覆。」

突如其來的宣言。

當緹雅還在一頭霧水時，那幅景象映入眼簾。

「能夠在事故發生前一刻投身生死關頭的人，就只有她。」

宛如幽靈一般——愛爾娜忽地出現在道路的正中央。

「不幸……」她的嘴唇怪異地蠕動。

簡直宛如死神。

克勞斯立刻轉動方向盤。車子承受不了急遽的轉向，大大地向左傾斜。車子的輪胎從愛爾娜的腦袋旁邊通過。

站在路中央的她，似乎算準了事故發生的臨界點。這種手段，只有時時與事故為鄰並存活下來的她才辦得到。

在計程車翻覆的前一刻，克勞斯抱住緹雅，像是在向左傾斜的車內往上爬一樣，從後座右邊的門逃脫。

兩人逃出車外後不久，車子隨即翻覆。

緹雅被克勞斯抱著墜落在地，並且克勞斯幫忙巧妙地減緩了墜落的衝擊力。兩人在地面上翻滾好幾圈，安全著陸。對於能毫髮無傷逃出車外的克勞斯，真的只有欽佩二字可言。

然而，對手並未放過這個可乘之機。

「妳來了啊。」

就在克勞斯說出這句話的同時。

「給我做好覺悟吧！」

百合率先從樹後跳出來。她舉著手槍接近克勞斯，並且毫不猶豫就開火。

子彈被克勞斯迅速舉起的刀子彈開。

到此為止恐怕只是前置作業。為的是以槍作為牽制手段，好縮短與克勞斯之間的距離。百合的目的，在她接近克勞斯時揭曉。

——煙幕從胸口噴出。

克勞斯即刻後退，逃離煙霧。緹雅本來也想閃避煙幕，但晚了一步的她吸入少許的煙，結果身體馬上就開始發麻。那不是普通的煙幕，是百合特製的毒煙幕。

緹雅倒在地上，只能旁觀。

席薇亞撕裂煙幕，衝上前來。

她帶著無畏的笑容，朝克勞斯的頭部使出豪邁的飛踢。

「看來妳的傷完全康復了呢。」

克勞斯擋下蹴踢，點頭說道。

「既然如此，那我就粗魯一點吧。」

「哈！儘管放馬過——」

席薇亞的話只說了一半。

克勞斯迅速使出肘擊，刺入席薇亞的側腹。但是，席薇亞的反應也很快。她以手臂護身，擋下格鬥專家的攻擊。

然而，她終究也只能抵抗一會兒。

克勞斯的掌根接著擊中席薇亞的下顎，使她整個人朝後方飛了出去。

看來在格鬥戰這方面，席薇亞果然居於劣勢——

「但是！」席薇亞的唇邊帶著笑意。「——我已經偷走了。」

在她右手裡的，是克勞斯的刀子。

席薇亞倒在地上說道。

「上吧，我們的王牌！」

「多謝誇獎。」伴著輕佻語氣，接著從煙霧中衝出來的是莫妮卡。

她在極近距離下朝克勞斯開槍。

此時的克勞斯，身上已經沒有可以彈開子彈的武器，只能扭身閃避。然後，他利用旋轉的力道，順勢朝莫妮卡使出迴旋踢。

「！」莫妮卡發出呻吟。

「動作有點慢耶。」克勞斯嘟噥。

看著眼前上演的高度攻防戰，緹雅不禁愕然。

百合、席薇亞、莫妮卡展現出前所未見的完美合作默契。只要稍微弄錯時間點，席薇亞和莫妮卡可能就會吸入毒煙幕。但是，要是因為害怕毒煙幕而躊躇猶豫，就會讓克勞斯有時間準備應對。

執行組的合作默契有了大幅成長。

可是，她們至今依然碰不到克勞斯一根寒毛。

「三人連番攻擊居然還是打不贏他……！」

緹雅哀號。

「不對，是四個人。」

這時──傲慢的說話聲傳來。

一個新的人影衝出煙幕。

「你露出破綻了呢，克勞斯先生。」

忽然從克勞斯背後現身的是──第二位莫妮卡。

徹底貼近背後。

她以最初出現的莫妮卡無法比擬的速度，出現在克勞斯身後，並且用槍抵住他的左肩。那是她愛用的轉輪手槍。

時間彷彿靜止了一般。

將軍。

克勞斯舉起雙手，停止動作。莫妮卡則是在他背後，用手指勾著扳機。

「一切都結束了。」莫妮卡宣告。

「…………」

克勞斯沉默不語。

緹雅簡直不敢相信眼前的景象。莫妮卡的槍緊緊抵著克勞斯的身體，像是在警告他「你要是敢動一步，我就開槍」似的。

只能承認這是現實了。

（終於贏了嗎……？我們贏了老師……？）

緹雅瞠目結舌。

少女們至今挑戰過克勞斯不下上百回，但是，這是她們第一次將克勞斯逼到這個地步。

一陣風吹過，籠罩道路的煙幕散去。

不知不覺間，「燈火」的成員已全數到齊。

安妮特、莎拉、愛爾娜、百合、席薇亞、莫妮卡，以及將槍口對準克勞斯的第二位莫妮卡，

所有人緊張地屏住氣息。

「原來如此。」克勞斯點頭。「最初現身的莫妮卡，是葛蕾特扮成的啊。」

「是的……」

第一位莫妮卡觸碰自己的臉，撕下面具。

「燈火」的參謀兼變裝專家，葛蕾特的面孔顯露出來。

「……跟我料想的一樣。我就知道老大一定不會對莫妮卡小姐放鬆戒心，結果你果然因此露出破綻。」

一切似乎都如她所料。

能夠如此準確推測事情發展的，除了葛蕾特之外別無他人。

完美的團體合作。威脅計程車司機的人大概是葛蕾特吧，整個團隊以隸屬情報組的她為中心運作。特殊組展現工藝技術，將克勞斯逼入陷阱，接著執行組的三人在那個陷阱裡，在正確的時間點展開行動。

——這便是經歷過國內任務，反覆進行鍛鍊的她們的實力。

「好了，克勞斯先生，時間差不多了。」

莫妮卡露出嗜虐的笑容。

「是時候宣布『投降』了吧？你要是不快說，在下搞不好會不小心開槍喔。」

「…………」

克勞斯從剛才就一直默不作聲。

也沒有表現出抵抗的樣子。即使他採取行動，莫妮卡的槍應該還是比較快。他已經徹底走投無路了。

他大大地吐了一口氣。

「——好極了。」

然後放下舉起的雙手，神情沉穩地瞇著雙眼，拍手鼓掌。不帶諷刺也不帶挖苦意味，完全出於讚賞之意的掌聲。

「真是精彩。不過，我姑且給妳們一個忠告，如果是一流的間諜，即使身處這種情況，應該還是會抱著受傷的覺悟奮力抵抗。當然，現在的我不能受傷，所以我決定放棄抵抗。」

「——！」

少女們對於他的這番話感到驚訝。

平時，克勞斯總會在眾人以為他已經窮途末路之際，以高超的間諜技術逆轉情勢。可是，克勞斯這次卻動也不動。

他的臉上浮現前所未見的喜悅表情。

「真高興見到妳們變得這麼強。妳們身上果然隱藏著無限的才能。」

克勞斯對少女們投以平靜的目光。

「首先是安妮特。妳對車子的改造固然精彩，不過更令人激賞的是妳無聲無息地潛入車內的技術。妳要利用自己那份異於常人的感受力幫助團隊。」

「只要是大哥的命令，本小姐一定遵從！」

安妮特滿臉喜色，蹦蹦跳跳地回答。

「再來是莎拉。妳與動物合作的技術真是太厲害了，妳應該要對自己更有自信一點。不只是那份技術，在個性鮮明強烈的成員之中，妳的溫和良善無疑是一項優點。」

「小、小妹會加油的！」

莎拉神情緊張地回應。

「然後是愛爾娜。妳的特技相當特殊，沒有人能夠像妳一樣愚弄敵人。雖然今後可能還是會有許多困難纏身，不過我希望妳能努力克服。」

「只要能夠和老師在一起，再多困難都無所謂呢。」

愛爾娜滿不在乎地回答。

對年幼少女們說完之後，克勞斯接著望向執行組的成員。

「百合、席薇亞、莫妮卡，妳們是團隊的關鍵。妳們投身危險的勇敢身影，支撐著所有成員的心。儘管太得意忘形這一點美中不足，但是妳們強大的精神狀態想必能夠發揮最大的實力吧。」

「是的，請放心交給天才百合。」百合挺起胸膛。

「好，你就儘管期待我的表現吧。」席薇亞回答。

至於莫妮卡，則是滿臉不悅地嘀咕：「不要把在下跟這兩個笨蛋混為一談。」

克勞斯將視線移向下一名少女。

「再來是葛蕾特。關於妳——」

「不，即使不全部說出來，我也明白老大的心意……」

葛蕾特左右搖頭。

「我已經把結婚申請書領回來了。」

「不是那樣。」

「……唔唔。」

「在經過『屍』的任務之後，妳的能力有了飛躍性的成長。只要和莫妮卡合作，就能達到甚至足以與一流間諜交手的水準。下一次任務，妳也要好好發揮妳的智謀。」

葛蕾特畢恭畢敬地低下頭。

「能夠聽到老大這麼說，我感到無比光榮……」

克勞斯簡短地訂正一句「不要叫我老大」。

然後，他望向最後一人——

「緹雅。」

「是、是的，什麼事？」

「即使對狀況不佳的妳說鼓勵的話，大概也只會讓妳更難受吧。但是，唯獨這一點妳千萬別忘了——妳有值得信賴的同伴。」

「…………」

不知該做何回應。

然而卻實實在在感受到了他的體貼。

在一片感性的氣氛中，莫妮卡打趣似的笑道。

「什麼嘛，這是在頒發畢業證書嗎？」

其他少女們聽了，也忍不住笑了。

實際上，心情的確好比正在參加畢業典禮。感動與難為情在少女們的臉上交織，每個人都神情自豪地，接受教官寶貴的讚美。

「不，那樣也好。」

克勞斯也沒有否定。

「妳們還沒有正式從培育機關畢業。儘管每個人身上都還有許多課題未解，但是團體行動時的爆發力已達到可以畢業的水準。就把下一次的任務當成畢業考吧。假使達成了，妳們便無疑是獨當一面的間諜。」

少女們發出「喔喔！」的歡呼。

那是少女們未解的課題。

她們被蓋上了「培育學校的吊車尾學生」的負面烙印。別說是能夠畢業的水準了，從前的她們一直都處於差一點就要被剔除的狀態。儘管後來被挖角到「燈火」，也稍微突破以往完成了間諜任務，然而如今依舊有著自己不成氣候的想法。

畢業──令人憧憬的字眼。

她們個個不禁握緊拳頭。

「那個，不好意思，在下對那種事情一點興趣也沒有耶。」

唯一不開心的人是莫妮卡。

「與其說那些，你還不如快點『投降』。在下可是不會讓你蒙混過去的喔。」

「真像是妳會說的話。」

「因為在下很清楚自己有資格畢業啊。比起畢業，想要打敗克勞斯先生的心情還要來得重要一百倍哩。」

像她自尊這麼高的人，心中大概總是鬱憤難平吧。從剛才到現在，她始終將槍口牢牢抵住克勞斯的背部。

「說得也是，是時候宣布這次的勝負了。」

「嗯，麻煩你務必大聲說出來。」

「知道了。」

就在這時，克勞斯再次將雙手舉到半空中。

任誰都知道，那是表示不會抵抗的「投降」姿勢。
「不只是身體，可以請你也開口宣布嗎？」
莫妮卡露出潔白牙齒笑道。
然後，克勞斯「好。對了……」地開口。

「——我該陪妳們玩這場遊戲到什麼時候？」

警笛聲響起。
緹雅驚訝地瞪大雙眼，確認狀況。那無疑是警車的警笛聲。聲音從道路的另一頭傳來。
「警察？」
莫妮卡咂舌。
「怎麼回事？咱們明明有威脅那個司機『不准報警』。」
緹雅也不敢相信。
克勞斯一直都在忙著駕駛計程車，根本沒有時間報警。計程車司機則是遭人把盜領當成把柄，勒索脅迫。
為什麼警察會趕來呢——？

「妳們選錯人了。妳們的想法雖然很好，可是不該把那種口風不緊的女人牽扯進來。她可是滔滔不絕地把自己盜領的事情說給我聽呢。」

「──！」

「我也一樣能夠以『只要妳去報警，我就幫妳暗中了結盜領一事』這句話威脅她。」

緹雅可以想像得到他是何時威脅對方的。

（他想必是寫在便條紙上吧……！）

克勞斯交給女司機的便條紙。他大概是偷偷在那上面留下了指示吧。甚至預測自己會在這個地方遭到襲擊，並且寫了下來。

看在她眼裡，克勞斯是不顧生命危險，代替自己駕駛失控計程車的恩人。她說不定對他產生了服從的心態。

「勸妳們最好快逃。妳們覺得警察會怎麼想？會怎麼看待拿槍指著善良市民的妳們？」

「……！如果是實戰，在下就立刻開槍了。」

「那個時候，我會抵抗到妳們被警察逮捕為止。」

面對克勞斯的反駁，莫妮卡滿臉不甘心地咬住嘴唇。

無論如何都無法讓他吐出「投降」二字──假使這是一場實戰，在無法讓對方吐露情報的當下，身為一名間諜就算是失敗了。

警笛聲不斷逼近。

「快、快逃吧！大家撤退！」

百合高聲一呼，隨即衝進樹林中。其他少女們也跟著逃跑。

正當緹雅目送著她們的背影，席薇亞突然強硬地將她拉起來，嘴裡一邊說「不要慢吞吞的，走了！」。

雖然緹雅其實沒必要逃跑，還是順從了她的意思。緹雅身上的毒已經退去了。

「啊，對了，緹雅。」

這時，克勞斯對她說。

「我接下來會休息三天為任務做準備，也不會回去陽炎宮。麻煩妳幫忙照顧其他人。」

「知、知道了。」

和克勞斯之間的訓練可能要暫時中斷了。他似乎也準備全心全力投入任務。

緹雅和少女們穿越樹林。

跑了一會兒，前方出現一輛同伴們事先準備好的客車。據說是從幫派分子那裡偷來，對其進行噴漆和改造，改裝成一台截然不同的車子。好大膽的行為。

搭載V型16汽缸引擎的進口中古車。象牙黑色的巨大車體閃閃發亮。車內最多可乘坐六人，算是相當大型的車子。

確保安全之後，少女們臉上泛起笑容。

「哎呀，這次真可惜啊，就只差那麼一點點。」

聽了百合的感想，席薇亞傻眼地回答。

「是嗎？我倒覺得差距完全沒有縮小。」

「才沒有那回事呢，他明明就說我們的水準已經可以畢業了。」

「唔，這倒是……可是，我總覺得他是拐彎抹角地說『八人到齊才總算能夠獨當一面』。」

「是每個人都能獨當一面！」

「妳的想法還真樂觀。算了，還是坦然接受他的稱讚吧。」

「沒錯，我們大家要一起達成任務，光榮畢業！」

緹雅無法加入她們歡欣愉快的對話。

「…………」

少女們的成果確實相當了不起。連在一邊旁觀的緹雅，也瞬間以為贏定了。

可是——那裡面沒有緹雅。

她完全無法加入持續前進的少女們之中。

「唔嗯，要是緹雅也在，說不定就真的能獲勝了。」
百合忽然這麼嘀咕。
「什麼？」緹雅反問，結果她笑著解釋。
「這次之所以失敗，是牽連對象倒戈造成的對吧？假使交給緹雅處理，妳一定能更完美地和對方交涉。」
「……！」
百合的鼓勵，讓緹雅的心瞬間雀躍起來。
但是，理性隨即打消昂揚的情緒。
（不行，要是又得意忘形，只會讓自己嘗到苦頭。那個作戰計畫根本不需要我。）
勝負的結果一定不會改變。
克勞斯只會採取其他手段，擊敗少女們。
「我什麼都不知情，對這次的計畫才是最好的啦。要是我知道些什麼，一定會被老師發現的。」
像要逃離百合的話一般回答之後，緹雅迅速坐到後座的深處。其他少女也陸續上車，並且立刻開起檢討會，但是她卻完全沒心情參加。
就連車子開動了，緹雅也只是一直注視著窗外。

（我真的很沮喪耶……）

緹雅的臉和窗外流逝的風景重疊，倒映在車窗上。滿是憂鬱的神情。這副表情大概很突兀吧。無論是緹雅旁邊的其他三名少女，還是坐在副駕駛座上的兩名少女，大家臉上都帶著神清氣爽的笑容，就只有自己——

「等等！這輛車是六人座吧？會不會太小啊？」

緹雅忽然發覺。

人好多。

仔細想想，六人座汽車的位子根本不夠。

其他少女也一副很拘束地發出痛苦的哀號。

「嗯，太擠了。等車子再往前開一點在下就要下車。真是討厭……」

「奇、奇怪？安妮特前輩在哪裡？」

「本小姐在車頂上！」

「……請妳下來，這樣很危險。百合小姐，麻煩妳找個好位置停車。」

「咦？我不是司機啊。我在副駕駛座上耶？」

「愛爾娜的腳只能勉強碰到油門……不、不過，愛爾娜會努力開車呢！」

「唯獨妳絕對不能開車啊啊啊！」

無視緹雅沉重的心情，少女們一片鬧哄哄。

◇◇◇

克勞斯感覺少女們離去的背影是如此耀眼。

他把背靠在翻覆的計程車上，嘆了口氣。這次百合等人的襲擊可說是前所未見的激烈。又是手槍、又是失控的車輛，簡直毫不留情。她們大概已經掌握到若是做到這個地步，克勞斯是不會受傷的界線吧。下手的狠勁幾乎和實戰不相上下。

（已經接近危及性命的程度了……大概是這次很特別吧。）

往好的方面想，這代表著她們看待合眾國的任務的態度就是這麼認真。

實際上，他確實佩服她們的幹勁。

說實話，就連克勞斯也感到意外。

（但是面對需要賭上性命的任務，一般應該會更害怕才對……）

當然不可能完全沒有恐懼。她們應該還是會逞強，還是有深藏在心底的洩氣話。

可是，她們卻克服了那些。

（是受到百合的影響嗎？）

那名間諜技術不佳的少女，一直以來都是成員的精神支柱。
頑強的精神和開朗個性，是百合獨有的力量。比起演技和毒藥，那才是她的價值所在。
——百合在培育學校沒能發揮的真正價值。
（真沒想到當初隨便賦予她的「領導人」頭銜，居然會發揮這麼大的效力。）
克勞斯絕對不會告訴她本人，其實當初會指名她做領導人，只是因為一時興起。照理說，緹雅或莫妮卡、葛蕾特應該要比她更為適任。
但是如今，他可以篤定地說自己做了正確的決定。
「緹雅的精神狀態雖然讓人擔心，不過其他人應該可以信賴。」
支持緹雅的工作就交給百合等人。
因為自己和緹雅似乎合不來。
貞操觀念差太多了。本來想要安慰緹雅，她卻一副像要用餐似的要求發生性關係。儘管遺憾，但實在是無計可施。
緹雅掌握了此次任務的關鍵——而支持緹雅是少女們的工作。
當克勞斯做出結論時，警車抵達了。警官急忙下車，對他問道。
「啊！你是失控計程車的受害者對吧？」
「是的。」克勞斯點頭。「如你所見，我是善良的市民。」

「這樣啊……不過還真是辛苦你了，我聽說你被恐怖組織盯上了。現在整座城裡都在談論這件事情背後究竟有什麼陰謀，不過其實一方面也是你的駕駛技術太醒目的關係啦。」

「…………」

好像引起大騷動了。

（看來，得請她們不要採取會造成這麼大麻煩的手段了……）

不管怎麼說，都做得太過火了。

好了，這下該怎麼掩蓋這場騷動呢——

◇◇◇

另一方面，少女們則依舊是鬧哄哄的。

她們將愛爾娜趕下駕駛座，由席薇亞負責開車，還順便把車頂上的安妮特拖下來，所有人在擁擠的車內聊得興高采烈。

副駕駛座上的百合讓安妮特坐在自己腿上，笑著說。

「不過，我真的好期待去合眾國喔。感覺自己已經成為掌握世界命運的間諜了！」

「真羨慕妳這麼無憂無慮耶。」

握著方向盤的席薇亞笑道。

「不過，我雖然覺得害怕，但另一方面心裡還是有點期待。合眾國應該比我們國家還要進步吧。」

「任務結束之後，應該可以到處觀光吧？」

「不曉得耶……不過，要是可以就太棒了。我好想去看棒球喔。」

這時，坐在後座的莫妮卡「話說回來，席薇亞妳會合眾國的語言嗎？」這麼問道。

「Ni……Nice to mee……meet you……」

「程度好低！」

「啊啊，吵死人了！我會在去程的船上學啦！這樣夠了吧？」

「這種東西，麻煩在培育學校一年級時就學會好嗎……」

莫妮卡和席薇亞互相爭吵，車內洋溢著笑聲。

其他少女也紛紛說出自己的願望。

「本小姐想要看電視！還要大買特買電器產品！」

「在下應該會到處參觀美術館和博物館吧。那裡的地下鐵聽說也相當普及？」

「愛爾娜想要看女神像！聽說簡直栩栩如生呢！」

「小妹想要大肆搜購伴手禮和爵士樂的唱片！」

「……我想要和老大一起去音樂廳觀賞表演。」

快樂的空想停不下來。

像是聽說漢堡很好吃、某個廣場很有名之類的，少女們為了觀光導覽書上的內容興奮不已。在未曾踏足的大國等待著的，不只是攸關性命的任務。

最後，所有成員得出達成任務後要好好休假的結論。

百合以愉悅的語氣高聲地說。

「那麼！大家一起去合眾國吧！」

「「「「「好！」」」」」

齊聲吆喝，少女們大聲歡呼。

對於這番缺乏緊張感的輕鬆對話，沒有人加以指謫。彷彿彼此之間，有著「現在這樣就好」的默契。

唯一沒有加入對話的只有緹雅。她在擁擠的車內重重嘆息。

（……就只有我還停滯不前。）

自卑感遲遲不肯散去。

其他成員正處於最佳狀態。不僅實力提升，對於任務也充滿幹勁，但是內心又不會受到不安的情緒折磨。

無論身心還是任何方面，緹雅都落後其他人。

「…………」

一次又一次、一次又一次、一次又一次、一次又一次、一次又一次、一次又一次又一次——瑪蒂達的嘲諷猶如咒語般在耳邊迴盪。

——『緹雅小姐，妳真是太沒用了。個性天真，又超容易被人玩弄。』

她的嘲笑言猶在耳。

緹雅一再地詢問自己。

——我應該成為什麼樣的間諜？

◇◇◇

兩週後，「燈火」的成員在歷經漫長的航行之後，抵達穆札亞合眾國。

期待與絕望交織的世界都市——米塔里歐的決戰即將展開。

到頭來，「她」還是沒有說出造訪這個國家之前的經過，就只是彷彿在回想什麼似的瞇起雙眼。她想起的，大概是再也回不去的日常吧。

紫蟻定睛觀察對方。「比想像中年輕」的這個印象確實出於真心。對方在米塔里歐，以過人的才幹從事間諜活動，他還以為對方會是一名老奸巨猾的女性。

——「她」還沒有說出自己的名字。

但是沒關係，慢慢想就好，反正還有時間。

紫蟻點了第二杯可樂。

專屬的酒保用鑿冰器粉碎冰塊，添上檸檬片，遞給紫蟻。正當他將其含入口中，在舌頭上混合時，敲門聲響起。

「進來。」這麼應門後，一名戴著寵物項圈的裸體男性進入酒吧。

「……………」

見到新的闖入者，「她」露出訝異的神情。

紫蟻對她投以沉穩的微笑。

「因為妳的態度很冷淡，所以我打算像個紳士主動開啟話題。妳一定很好奇，妳們為什麼會失敗吧？」

紫蟻對項圈男下達「——【坐下】」的命令。

結果，他雖然瞬間露出不甘心的表情，卻還是順從地坐在地上。

「我來介紹一下，這是我的愛犬。」

「……！」

「他在五年前，曾經是米塔里歐大學醫學系的學生。當時的他被稱為神童，成績非常優秀，是系上的第一名。而且聽說他還是板球社的社長，很受女性歡迎。每天都過著充實的生活，將來的前途也備受期待。」

「…………」

「妳是不是覺得奇怪，為什麼那樣的青年會淪為狗畜生？」

紫蟻朝酒保伸手後，對方便將電擊棒擺在酒杯旁交給他。那是紫蟻愛用的特製電擊棒。只要打開電源，便會啪滋一聲濺出藍色火花。

「我就讓妳看看吧。」紫蟻這麼說完，將電擊棒戳向他稱為愛犬的男人的肩膀。

慘叫聲轟然響起。

彷彿自地獄深處傳來一般。

紫蟻沒有移開電擊棒。整整二十三秒，折磨了對男人而言大概有如永恆的時間之後，他才終於關掉電擊棒的電源。

接著，紫蟻下令：「──【道謝】。」

愛犬流著淚，表情痛苦地呻吟：「……謝謝。」

「──！」

「她」倒吸一口氣，說不出話來。似乎無法理解眼前淒慘的景象。

紫蟻笑道。

「很驚訝吧？要凌虐對方卻又不使其昏厥，是需要訣竅的。」

那把電擊棒經過改造，具有一秒即可令對方昏厥的威力。而要持續給予對方二十秒以上的劇痛，則需要一定的技術。

「這是一種才能喔。我從以前就很清楚，該怎麼折磨他人才能將恐懼刻在腦中。只要持續施虐一星期，任誰都會變得百依百順，就算命令對方去死，那人也會乖乖去死。」

「…………」

「原本是個健全醫學生的他，如今已淪為我身邊的一條狗。拋棄家人、情人、夢想、戶籍，只聽從我的命令，在全世界到處奔走。」

紫蟻稱這份力量為「支配」。

是神明所賜予的天賦。

「凡是接受過我所施予的劇痛的人，大腦都會被重新改造。這不是我在胡謅，是他們的本能屈服了。不管是學生、殺手、格鬥家、警察、銀行員還是女演員，全都會向王者俯首稱臣。」

紫蟻接著說。

「也就是誓死效忠的——『工蟻』。」

「……！」

「白天時，他們融入一般社會；但是到了夜晚，便成為不顧死活為我奉獻的奴隸。不斷鑽研暗殺技巧，能夠毫不猶豫地取人性命。」

在紫蟻的根據地米塔里歐裡，潛伏著許多那樣的人。那些扼殺感情、只聽從紫蟻命令的人，頂著善良市民的面孔融入人群。

「從結論來說，就是妳的同伴遭到『工蟻』蹂躪了啦。」

然後紫蟻開始述說。

述說在王者所主宰的米塔里歐，所發生的無情虐殺。

2章 開戰

the room is a specialized institution of mission impossible
code name yumegatari

汽車人汽車大樓汽車廣告人人人汽車大樓汽車人人汽車汽車汽車人人電車人大樓人人人人人人廣告汽車人大樓人汽車汽車汽車人汽車人廣告廣告廣告人人大樓汽車電車汽車人人汽車大樓汽車人汽車人人——

緹雅嘆了口氣。

對於這幅從租賃公寓望見的壯觀景象，如今她也已漸漸習慣了。

抵達穆札亞合眾國的大都市米塔里歐，至今已過了兩星期。

緹雅的身分，是進口家具販售公司的一名員工。那是迪恩共和國的一家公司，而她是該公司的約聘員工。為了尋找適合引進國內的最先進家具，她和克勞斯、葛蕾特一起來到米塔里歐搜尋情報——這便是她的假經歷（掩護）。

他們在這棟公寓租了兩間房，作為居留處。

房間位在八樓，２ＬＤＫ的格局，裝潢時髦。距離米塔里歐的市中心也不遠。

樓下就是主要街道，而街上今天早上又照例塞車了。好幾百輛汽車湧到街上大排長龍，為了駕駛們設立的巨大看板公告沿途排列。電視上的播報員正在報導米塔里歐的交通壅塞狀況，並且告訴用路人政府建議通勤族多多利用地下鐵。

抬頭仰望，高聳入雲的大樓林立。加爾迦多帝國首都的尖塔雖然也是氣派非凡，卻和這裡完全沒得比。三十層、四十層、五十層，一棟比一棟高的摩天大樓像在彼此競爭似的被興建。每隔一年，世界最高建築物的紀錄就會被刷新。

（跟這裡比起來，我們國家真的很落後耶……）

緹雅嘆了口氣。

在迪恩共和國，交通壅塞的狀況鮮少發生。也沒有電視，只有廣播。不僅不存在地下鐵這種東西，都市地區也是近來好不容易才開通電車，鄉下地方則到現在還是以馬車作為交通工具。超過十層的高樓大廈更是幾乎看不見。

以前，緹雅曾經去過迪恩共和國南端的娛樂城，見過那裡的巨大飯店群，但是和米塔里歐相比，那些簡直跟玩具沒兩樣。

「緹雅小姐，早餐已經準備好了……」

房間外，傳來葛蕾特的說話聲。

緹雅確認好自己的服裝和髮型，便前往餐廳。

空氣中飄散著烤吐司和果醬的香甜氣味。葛蕾特正在將那些早餐放上配膳車。

「謝謝妳，今天看起來也好美味呢。不過，妳要特地送過去嗎？」

「是的……因為我今天和老大約好要共進早餐……所以稍微鼓足了幹勁。」

葛蕾特將所有東西擺好後，便開始推配膳車。她大概是要送到隔壁克勞斯的房間去吧。

她那副勤快的模樣雖然令人欽佩，卻唯獨有一點讓人在意。

「是四人份啊。」

配膳車上擺了四人份的餐具。每片吐司雖然都烤得很漂亮，不過烤色不均這一點，或許正好透露出她內心的不安定。

緹雅和葛蕾特一起前往隔壁房間，敲了敲房門。克勞斯沒一會兒就出來應門。

「早安。抱歉讓妳特地送過來。」

對葛蕾特道謝之後，他將視線落在配膳車上。

「是四人份啊。」

他立刻就注意到了。

葛蕾特一臉不服地搖頭。

「……不過這份工作其實讓人做得不是很開心。」

「不需要勉強。明天開始換我來做吧。」

兩人的對話和睦得有如一對新婚夫妻，教人不禁莞爾，想要一直欣賞下去。

然而就在此時，一道破壞氣氛、令人不悅的說話聲從寢室傳來。

「哎呀，好香的味道啊。是早餐嗎？燎火，太棒了，我正好也餓了。」

克勞斯皺起眉頭，打開寢室的門。

「我又沒有說要給你吃。」

在那裡的，是全身遭到束縛的削瘦男人——「屍」，也就是羅蘭。

他的雙手被繞到背後，全身都被束帶固定住，還被上了好道鎖。儘管光是處於這種狀態便已近乎拷問，然而這名一流的刺客卻不為所動。

他躺在床上，臉上浮現輕佻的笑意。

「喂喂喂，你好過分喔。我可是堂堂的情報提供者耶？」

「你明明就沒透露什麼有用的情報。」

面對克勞斯的挖苦，羅蘭一副不以為意的樣子。

「別說那麼多了，快幫我鬆綁啦。不用雙手，我沒辦法吃吐司。」

「…………」

克勞斯將裝著吐司的盤子，擺在羅蘭面前。

「給我直接用嘴巴吃。」
「……你知道什麼叫做虐待俘虜嗎？」
「被捕的間諜沒有人權那種東西。」
克勞斯不客氣地撇下那句話，就從他身邊走開。好像連和他吸同個房間的空氣都不願意似的。
「……吶，老師。把這傢伙帶來真的好嗎？」
「知道紫蟻真面目的人就只有他。儘管遺憾，但他還有利用價值。」
克勞斯似乎打從心底對他感到厭惡。
緹雅明白他的心情。緹雅本身對羅蘭也沒有好印象。這個男人在世界各地接連殺害政治家和間諜，不知道有多少生命葬送在他手裡。
就在這時，葛蕾特拿著刀叉接近羅蘭。她帶著僵硬的表情，為他分切吐司。
好意外。沒想到她會率先伺候羅蘭吃飯。
不理會羅蘭對自己的道謝，葛蕾特開口。
「……請容許我問你幾個問題。」
語氣死板。她大概很抗拒和男性說話吧。
「嗯？」

「……你還記得奧莉維亞小姐嗎？」

緹雅對葛蕾特所說的女性名字有印象，那是曾經和葛蕾特敵對的間諜。她是羅蘭的徒弟，在極具影響力的政治家身邊擔任女僕，支援帝國的間諜。

「嗯？當然記得啦。」羅蘭回答。「那又如何？」

「……你曾經愛過她嗎？」

「喔，當然愛了。因為她是個只要我輕聲說『我愛妳』，就願意奉獻生命的方便棋——」

吐司被砸到了羅蘭臉上。

連同盤子，非常豪邁地砸上去。

紅色的草莓果醬有如鮮血一般，沿著他的身體往下滑。

「葛蕾特。」克勞斯出聲。「冷靜點。」

「是……對不起……」

用盤子砸人的葛蕾特離開寢室，然後嚴密地將房門鎖上。

「緹雅小姐，妳沒辦法解讀那個男人的心嗎……？」

葛蕾特小聲地問。

「我們快點套出情報，然後把他扔進海裡吧。」

「原來妳是會惱火到這種程度的人？」

她好像真的被激怒了。

難得站在安撫她的立場，緹雅嘆道。

「我明白妳的心情，可是沒辦法啦。我已經挑戰過好幾次，但是他的戒心太強了。」

緹雅的特技——那就是只要與人對視，便能解讀對方的心。

可是，這招對一流的間諜不太管用。她已經挑戰過好幾次，結果卻都以失敗告終。羅蘭會在她讀取之前就將視線移開。恐怕是間諜的直覺讓他心生警戒吧。

「暫時先別去管那個男人好了。」克勞斯說。「我打算從別的路徑搜尋紫蟻。他和托爾法經濟會議有關這一點應該是事實。我從今天開始會去刺探相關人士，揭開紫蟻的真面目，將其逮捕。」

克勞斯接著說。

「指揮同伴的工作就交給妳們兩人了。」

「收到。」「知道了……」

緹雅和葛蕾特強而有力地點頭。

接下來得靠她們決定團隊的動向了。

◇◇◇

用完早餐，緹雅回到她和葛蕾特的房間。

過了早上八點之後，人們的活動會變得活躍起來。大馬路上傳來的喇叭聲不絕於耳。以間諜身分開始行動的時候到了。

在此之前的兩個星期，緹雅都在專心融入這座城市。她以進口家具公司的員工身分實際到公司上班，還去了好幾間家居飾品店。看在旁人眼裡，她應該就只是一名年輕的職業女性。即使在路上被警察盤問，也能夠大大方方地應答。

依照程序，她將從今天起開始諜報活動。

她泡好紅茶，坐在飯桌旁。

「呃，總之，葛蕾特，可以麻煩妳統整一下現在的狀況嗎？」

「好，我明白了……」

葛蕾特說完，便將目前為止的情報寫在筆記本上。

【作戰名稱：米塔里歐搜索任務

目的：捕捉「紫蟻」，以及收集「蛇」的情報。

前提：「蛇」接觸托爾法經濟會議的重要人物，將情勢導向對帝國有利的一方。

手段①：派遣「燈火」成員至各重要人物身邊，搜索敵方間諜。
手段②：盤問找到的敵方間諜，得出「紫蟻」的藏身之處。
補充：克勞斯會個別行動。預定將一一刺探可疑人物。】

「嗯，謝謝。統整起來大概就是這麼回事吧。」
將概要重新記入腦中，緹雅撕掉紙張，用火柴點火燒掉。
該做的事情已整理完畢，就連當前值得擔憂的部分也是。
「不過，我們手中關於對方的情報顯然太少了。其真面目簡直就是一團謎。」
「是的。但是，我們集合的場所只有一個，那就是托爾法經濟會議。只要朝著會議的中心而去，間諜自然而然會聚集在一起……」
「別國間諜現在的情況如何？」
「目前應該可以先擱置不管。老大已經跟同盟國知會過了。無論是穆札亞合眾國還是其他國家，各國都一致對帝國保持警戒……」
緹雅點頭。
總之就只先思考帝國的事情吧。萊拉特王國、芬德聯邦、穆札亞合眾國、別馬爾王國——要是連那些國家的意圖也揣測會沒完沒了。

「那麼，首先應該確認的是……」

語塞。

明明已經在腦中模擬過好幾次，還是無法立刻想出點子。究竟該對分散各地的同伴下達何種指示才好？

（我真的有辦法指揮嗎？）

參加會議的重要人物有好幾百人。若將相關人士也包含進去，更是多達一萬人以上。緹雅必須在那之中找到目標，命令同伴前去探查。不僅如此，每位同伴都各有優缺點，適合她們的潛伏地點也不盡相同。必須連那些也一併考慮進去才行。

——要考慮的事情太多了！

緹雅忍不住抱頭苦惱。

覺得自己根本不可能做到。

「……總之，先確認一下大家的情況如何？」

葛蕾特幫忙解了圍。

「呃，說、說得也是喔。」

「要不要在下達指示之前，先確認大家臥底的情況是否順利呢……？」

她說得很有道理。

而且還是基礎中的基礎。居然沒想到這一點，簡直令人感到羞愧。

「真、真不愧是葛蕾特。不過呢，其實我本來也打算這麼——」

「是……那麼，這是今天的行程表。」

葛蕾特好像已經事先準備好了，只見她遞出一張便條紙。那是連公車和地下鐵的時刻表、道路的壅塞情況也考慮進去，能夠巡遍成員所在之處的完美計畫。

她果然思慮周延，非常懂得替他人設想。

這時，緹雅想到了。

「葛蕾特，我問妳。妳在上次的任務中負責指揮對吧……？」

「是的，就只有一次……」

她帶領百合、席薇亞、莎拉，成功活捉了女間諜。在她正確的指揮下，少女們不依靠克勞斯，獨力達成了任務。

（老實說，我真希望她能夠代替我……！）

葛蕾特明顯比自己優秀。自己在拘捕羅蘭時完全倚賴克勞斯，和陸軍情報部作戰時則是受到莫妮卡的幫助，最後還落得被敵方間諜嘲笑的下場。

「沒問題的……緹雅小姐一定會做得很好。」

儘管受到鼓勵，緹雅依舊沒有自信。

（不管怎樣，總之就照葛蕾特的指示去做吧……）

身為指揮官，這樣雖然很丟臉，但也沒別的法子了。

緹雅和葛蕾特謊稱自己是二十三歲。兩人的實際年齡雖然都是十八歲，但是未成年的年紀辦起事來太不方便了。她們畫上比平時更成熟的妝容，穿上女用西裝，來到塔米里歐的街上。

正在這座都市中舉辦的不只是經濟會議。企業之間的協商、政治家的獻金派對、軍事問題相關的密談等等，也都同時在此舉行。大大小小全部包括在內，應該有超過千場以上的會議正在舉辦，而這也是經濟會議的時間會拖得這麼長的原因之一。

另外，不只是政治經濟，米塔里歐同樣也是文化發信地，此時此刻也正在舉辦世界最尖端的時裝秀和電影展。

換言之，就是人很多。感覺已經到了走在路上隨時都會與人相撞的地步。

在摩天大樓的俯視下，兩人從大排長龍的壅塞車陣旁走過。

結果，在一棟大樓前方見到一大群人擠在那裡。

嘈雜的場面令人更加煩悶。

看樣子，好像是他國的外務大臣現身了。無數狗仔隊包圍準備進入大樓地下停車場的公務車，照相機的閃光燈亮個不停。

「大臣，關於和萊拉特王國會談一事，您的心情如何？」「針對對加爾迦多帝國採取的姑息政策，可以請教您幾個問題嗎？」

記者妨礙公務車前進，將麥克風和錄音機伸上前去。

後座的老人一臉厭煩，對記者的提問默不作聲。

（不管哪個國家，記者的包圍攻勢都好猛烈……）

對於老家是報社的緹雅而言，這樣的景象早已是司空見慣——

「喂，老頭。我在問你問題，你倒是說句話呀！」

然而卻有一名年輕記者的口氣非常沒大沒小。

緹雅驚訝地望向那人。

是席薇亞。她一身邋遢的套裝打扮，正在猛敲車窗。

就連大臣似乎也對她狂妄的態度吃了一驚。他微微打開車窗，「妳、妳這傢伙！妳是哪國的記者？」地大聲質問。

「我是迪恩共和國的朗德姆時報的記者啊。先不管那個了，昨天公開的部門會議的議事錄，和你今天早上的發言會不會很矛盾啊？」

「啥？妳、妳不要胡說八道！」

「呃，所以我才想請教——啊，喂！不要關窗！很痛耶！」

席薇亞一副要打架似的把手伸進車窗內，遞出麥克風。

葛蕾特小聲地解說。

「……席薇亞小姐是新聞記者。她以實習記者的身分，和各國的政治家、官僚直接接觸。」

「嗯，但願她不會遭到逮捕。」

儘管不安，但是她似乎做得很好。

公務車甩掉記者們，駛入地下停車場。圍繞他們的記者則是唉聲嘆氣，一哄而散。

席薇亞也嘆道「哎呀，被逃掉了」，一邊朝緹雅兩人的方向走來。

擦身而過之際，她偷偷將某樣東西放進緹雅的口袋。

並且在她耳邊低聲地說。

「我把大臣的名片夾偷來了。拿去好好利用吧。」

她似乎是在把手伸進車窗的那瞬間得手的，而且任誰都沒有起疑。

她一副什麼事也沒發生地嘀咕「接下來要去哪裡採訪呢？」，一面消失在人群之中。

新聞記者席薇亞——她似乎做出了相當不錯的成果。

葛蕾特接著帶緹雅前往的地方，是毗鄰車站的餐廳。

店內流瀉著輕快美妙的樂聲。原以為是播放唱片，結果好像是現場演奏。餐廳深處有舞台，爵士樂團就在那裡演奏樂器。這家餐廳似乎可以一邊用餐，一邊欣賞現場演奏。

米塔里歐是爵士樂的重鎮，因此這類餐館和酒館滿街都是。

這是緹雅第一次欣賞爵士樂的現場演奏，感覺很有情調。

小號和薩克斯風的樂聲，與優雅的鋼琴演奏和諧地交疊並合而為一。儘管是從未有過的新鮮體驗，這樣的音色卻讓人感覺非常舒服。

緹雅和葛蕾特被安排坐在舞台旁邊的位子。

眼前，是一支六人樂團在演奏爵士樂。身穿白色燕尾服、頭戴時髦的帽子，演奏小號和鋼琴的演出者十分帥氣。周圍的客人大概也有相同的感覺，尤其年輕女性們無不對樂隊成員投以熾熱的目光。

位在樂團右端的是——莫妮卡。

「…………………」

極其自然地融入其中。

她穿著男性的燕尾服，正在吹奏次中音薩克斯風。

「……聽說，她在進行街頭演奏時，當天就被邀請加入樂團了。」

葛蕾特再次解說。

好像已經沒什麼好訝異了。如今只有佩服二字可以形容。

「這支爵士樂團也會被找去政治家的派對和懇親會上表演，據說非常受政治家的夫人們好評……」

她似乎打算以音樂家身分，從事間諜活動。

樂曲結束之後，莫妮卡走下舞台，朝兩人的位子走來。

「妳們兩位也太認真盯著在下看了吧。莫非妳們是粉絲？」

「並不是，麻煩妳快點回去。」

「很可惜，今晚在下沒空。因為在下要到大人物雲集的派對上演奏。」

莫妮卡眨了眨眼，再次登上舞台。她的舉止雖然做作，卻似乎深得女性顧客們的好感。

她離開之後，桌上留下了一個火柴盒。裡面裝的是報告書。

薩克斯風吹奏家莫妮卡——看來無疑值得信賴。

緹雅兩人在餐廳只吃了簡單的前菜，就很快地離開了。

午餐好像是要在別的地方吃。緹雅馬上就猜到是哪一家店。唯獨接下來要造訪的少女臥底地點，是她本人從之前就強烈公開要求的。

店鋪所在的位置是威斯波特大樓，也就是托爾法經濟會議的會場。大樓的一樓，有一家店門前設有露天座位的巨大漢堡連鎖店。

點餐十分鐘後，一名胸部豐滿的女服務生活力充沛地將餐點送來。

「讓兩位久等了！這是您點的兩份起司漢堡套餐！」

是百合。

她穿著漢堡店的制服，精神奕奕地送來餐點。裡面夾著大片牛肉的漢堡、堆成一座小山的大量薯條，以及多到快滿出來的可樂。大分量的食物，和活力十足的百合感覺十分搭調。

不僅如此，紅白條紋的亮麗制服也非常適合她。

見她要離開，葛蕾特叫住她。

「小姐，不好意思。」

「嗯？找我有事嗎？我是就讀米塔里歐大學藥學系的留學生，現在一個人獨居。是為了省伙食費才開始打工的小百合．赫本，十八歲，有問題嗎？」

「……謝謝妳全部自己解說完畢，替我省了不少事。」

葛蕾特完全呆掉。

但是其實不用別人說明，緹雅也早就知道百合在哪裡臥底。她之前就一直嚷嚷著「我想去可以大啖漢堡的地方！」。

這時，店鋪那邊傳來呼喚聲。

「喂～小百合。幫我把這個送到大樓四樓的第十三會議室去。」

「喔，真不愧是米塔里歐的名產，經常有人點餐呢！」

百合笑眯眯地回應後便離開緹雅二人。

看樣子，這間店也有外送的服務。威斯波特大樓樓上的會議室似乎會來訂餐。

「不管怎樣，看她似乎臥底得很順利，這下總算讓人放心了。」

「就是啊……不過只有一件事情令人擔心。」

「哦？對了，剛才妳叫住百合了對吧？怎麼了嗎？」

葛蕾特注視著百合送來的餐點。

「這不是起司漢堡，是魚排漢堡……」

「……………」

「我有點擔心她會不會被開除……」

舉目望去，百合正揹起大大的後背包，準備去送外賣。她喊了一聲「小百合出發了」便跑了出去。

她要送餐的地點，應該四樓的第十三會議室。

然而百合意氣風發地搭乘的，卻是前往地下停車場的電梯。

那天晚上回到公寓，緹雅重重地嘆息。

「不論如何，現在算是完成布局了吧？」

儘管有看到讓人很想吐槽的點，但大致還是有依照計畫進行。接下來，緹雅二人必須做出指示，查明紫蟻的所在之處。

緹雅加熱罐頭的蔬菜湯，打算用這個簡單地打發晚餐。連同罐頭一起隔水加熱的同時，她豎耳傾聽隔壁房間的動靜。沒有聲音，老師好像還沒回來。

「我們今晚得想想要做出什麼樣的指示才行。我是很想找老師商量，不過他一定還沒回來。」

「……是啊，希望他不要又工作過度才好。」

葛蕾特用刀子將長棍麵包切片，放入烤箱。她的語氣中充滿不安。

緹雅笑著對她說。

「到時候，由妳去療癒他就好了呀。我會傳授妳能夠讓男人開心的按摩技巧。這一次，就算是老師也肯定會落入妳的手中。」

「緹雅小姐……！不，師父……謝謝妳。」

聽了緹雅的戀愛建議，葛蕾特的表情頓時開朗起來。

「關鍵字是鼠蹊部喔。」

「說到這裡，以前莫妮卡小姐曾經勸我『不要聽緹雅的建議』。」

「不用理會她的話。」

「師父真帥氣……！」

心情在平凡的對話之中，自然而然地平靜下來。光是談論任務，實在教人提不起勁。

這時，某樣東西「鏗！」地擊中公寓的窗戶。

葛蕾特像是察覺到什麼似的，喜孜孜地靠近窗框。

「葛蕾特？」

「老大好像很快就帶回情報了……」

窗框上，躺著一顆用報紙包住的石頭。雖然和市售的報紙如出一轍，不過上面用特殊墨水寫上了暗號。他是怎麼把石頭放上八樓的窗框啊？是用扔的嗎？

一邊讀著暗號，葛蕾特屏住氣息。

「……說不定，我們與敵人接觸的時間會比預期中提早許多。」

「上面寫了什麼？」

「他國的間諜好像正陸續被消滅。還說，有好幾名優秀的間諜殺手潛藏在此地。」

緹雅也立刻瀏覽暗號文。

在米塔里歐這個地方，殺人、死因可疑、行蹤不明的事件接連發生。被害者大多身處某個情報機關，全是和托爾法經濟會議有密切關聯的人。

——殺害方法形形色色。刺殺、墜樓死亡、自殺、失蹤、交通事故，手法完全不統一。

目前還不清楚這是否為「紫蟻」所為，但可以肯定的是，此地潛藏著反覆殺人的凶惡人物。

同伴的安危令人擔憂。

「這、這下該怎麼辦才好？」

「……保持緊密合作吧。」

葛蕾特的語氣十分鎮定。

「利用我的變裝，以及緹雅小姐的交涉能力，在同伴遭遇不測時立即前往支援。這一次除非不得已，否則不能依賴老大。」

「知、知道了。那我們就馬上做好準備吧。」

「只不過，我們能做的事情也有限……部分還是得依靠現場的應變能力。」

「說得也是……」

像是受到葛蕾特的話引導一般，緹雅望向窗外。

夜晚降臨米塔里歐，燈飾熠熠生輝。圍繞大馬路的廣告燈光閃爍，點亮了這座不夜城。

就連此時此刻，成員們想必也正在進行活動。

然後，在任務正式啟動的兩星期後——緹雅的不安成真了。

◇◇◇

——事情首先發生在威斯波特大樓正對面的飯店。

那裡是許多會議與會者都會利用的高級飯店，一樓附設可以飲酒和享用輕食的酒吧。內部皆為獨立包廂且隔音效果良好，可以進行不想讓周圍其他人知道的接待和密談。使用者皆為政治家、官僚及一流企業的高層人士。

每間包廂都設有皮革沙發和玻璃桌，頭頂上方則有璀璨華麗的照明熠熠生輝。

此時席薇亞正在包廂內，大口咬著豬肋排。

她豪邁地將鹹中帶甜、口味濃郁的肉送進口中，靈活地啃到只剩骨頭。

「哎呀，讓你請我吃這種好料，這樣真的好嗎？」

席薇亞擦擦手，笑著說。

坐在她正對面的，是一名身材魁梧的中年男性。

「無妨、無妨。妳是我的恩人，就儘管吃吧。來，想吃什麼儘管從這份菜單上面點。」

「真的？太好了。那麼，我要這份菜單從左邊上方數來的三道料理。」

「沒錯、沒錯，年輕人就應該要這麼豪氣！」

男性豪邁地笑道，一邊大口喝著葡萄酒。

對方是別馬爾王國的紅茶製造商的副社長。這次，為了交涉從托爾法大陸輸出至各國的嗜好品的關稅費率，和別馬爾王國的外交官一同前來參加這場經濟會議。此外，據說他也正在進行在各國興建加工食品廠的交涉。

他這個人雖然很有能力，卻有著會粗心地將那些機密文件都放在包包裡的一面。

「我當時真的很傷腦筋耶，沒想到包包居然會在咖啡館被人偷走。要不是有勇敢的妳幫我找回來，真不曉得後果會如何！」

「哎，可惜結果還是沒能抓到犯人。」

「無妨、無妨，今晚就讓我好好報答妳吧。」

「那麼，也可以讓我獨家採訪你嗎？」

「好啊，無妨、無妨。」

「不愧是下任社長，為人真是慷慨大方啊。」

「拜託別這麼說，我還只是副社長啦。」

席薇亞以撰寫報紙專欄的名義訪問對方。而副社長的個性似乎本來就很健談，連和提問不相關的事情也都順口說出。席薇亞的附和讓他心情大好，酒是一杯接一杯地喝個不停。

由於對方勸酒了，於是席薇亞也只喝了一杯。

「哎呀，妳願意採訪我真教人開心～妳可真的要寫成報導喔。」

三十分鐘過後，對方明顯已有了醉意。

說話口齒不清的他，讓席薇亞不禁苦笑。

「這還用說嗎？我當然一定會寫成報導的呀。」

「真的？可是之前也有好幾個人來獨家採訪我，卻從來沒有刊登在報紙上。」

「……是喔，可以說得詳細一點嗎？」

「呃，其實我也不清楚怎麼回事，大概是運氣很差吧。那些接近我的記者，不知為何全都聯絡不到人，好過分喔～」

「…………………」

席薇亞輕輕用指甲戳了戳眉間。

替自己製造痛感，讓意識清醒過來。

「對了，我想換個問題——」
她用筆尖指向某處。
「——副社長正後方的人是誰？」
在包廂裡的不只是席薇亞和副社長。
還有一名祕書，以及站在身後的沉默男人。
那是一名身形挺拔的男人。即使隔著衣服，也能想像得出那身結實的肌肉。上臂的二頭肌大大隆起，感覺隨時都會撐破白襯衫。
「嗯？喔，他是巴隆。是我專屬的司機。」
「……哦。請不用在意我。」
名叫巴隆的男人微微點頭。
席薇亞輕輕搖了搖手。
「音色雖然偏陰沉，說起話來倒是十分流暢。他是當地人嗎？」
「沒錯、沒錯。其實我專屬的司機本來要從祖國過來這裡，卻因為食物中毒病倒了，只好臨時由他來代理。他雖然長相可怕，不過除了開車外，其他方面也都表現得很機伶。」
「……哦。」
副社長像要展示一般地叼起香菸，巴隆便立刻遞上打火機。除了開車，他似乎也負責服侍照料。

「…………」

「啊，是不是他體格太好，嚇到妳了？其實他直到幾年前都還是一名中量級的拳擊手，成績好像還相當不錯？」

「……哦。後來是因為韌帶斷裂才引退。」

「真可惜啊。啊，這部分也會寫進去嗎？會不會有點太冷門了？」

越過興高采烈的副社長的頭，席薇亞和巴隆視線相交。

這時，新的一瓶葡萄酒送到了包廂。

靠近出入口的巴隆說了句「……哦，我來倒吧」，便接過葡萄酒。

獨家採訪最後因席薇亞身體不適而結束。

「嗚嗚，好難受……」

「抱歉啊，我好像讓妳喝太多了。」

副社長一臉歉疚，對單手捂著嘴巴的席薇亞這麼說。

「巴隆，你送這位記者小姐回家。」

席薇亞連忙搖手。

「不用啦，我沒事的。」

「無妨、無妨。其實，我待會兒還要再去玩一攤。那麼，文章刊登的日期要是決定了，就麻煩妳通知我啦～」

副社長踏著愉悅的步伐，和祕書一同離去。他想必是要去有女人的店吧。

飯店的酒吧前，只剩下巴隆和席薇亞被留了下來。

「……哦。請往這邊走。」

「不好意思啊。」

車子好像是停在地下停車場裡。

席薇亞跟從巴隆的引導，踏著踉蹌的步伐走下昏暗的階梯。她走路搖搖晃晃的，途中好幾次撞到巴隆。他儘管面露不耐，還是幫忙撐住了席薇亞。

一來到地下室，席薇亞立刻衝向排水溝。

「嗚噁～我不行了！」

她將胃裡的東西吐出來。在包廂吃下肚的食物全都逆流了。

巴隆在席薇亞旁邊皺起臉。

「……哦。我去拿水過來。」

他再次回到階梯，然後在階梯上開始翻找胸前的口袋，可是卻好像找不到要找的東西，小小地哀號一聲。

「你在找這個嗎？」

席薇亞朝著巴隆的背後問道。

在她手上有好幾顆藥丸。

「安眠藥。你居然對我下這種離譜的玩意兒。」

「……！」

「要是我沒有急忙吐出來就慘了。是誰下的指示？應該不是那位副社長吧？」

依據席薇亞的認定，他完全就是一名罪犯。

當副社長提到記者消失的話題時，巴隆的表情起了細微的變化，他想必知道些什麼。再加上他隨即又在葡萄酒裡下藥。他假裝倒酒，實則用酒瓶作為掩護，將藥劑放入酒中。

這個男人不是普通的司機。

「好了，如果不希望我報警，就快把指使者給招出——」

席薇亞的話被打斷。

因為巴隆轉身拔腿就跑。他沿著階梯往上衝。

席薇亞當然不可能眼睜睜地看著他逃走。她微微咂舌，朝著巴隆的背影追過去。爛醉和身體不適都是演技，她發揮經由訓練鍛鍊出來的腳力。

但是，巴隆的腳程也相當快。

抵達一樓後，他撞開飯店員工逃往後門。

（看來韌帶受過傷這件事也是騙人的了。這個司機到底是什麼人？）

內心的疑惑益發加深，席薇亞也從後門衝了出去。

飯店後面，矗立著一棟八層樓高的住商混合大樓。巴隆衝上那棟老舊建築的室外樓梯。

席薇亞拿著手槍，追趕在後。就這樣將對方追到走投無路，逼他吐露情報是最理想的狀態。

對方似乎逃進了六樓。門好像沒有上鎖。

「你這傢伙別想逃！」席薇亞怒吼，跟著衝進大樓內。

看來，這似乎是一棟預計要拆除的商業大樓。裡面沒有居民，供事業主使用的空房一間接著一間。大樓內有通電，走廊上點著日光燈。

長長的走廊上沒有人影。

（……腳步聲消失了？也沒有聲響……莫非他躲在六樓的某處？）

猜測對方大概是想躲起來偷襲，她握緊手槍，沿著走廊前進。

下個瞬間，室外樓梯傳來東西倒塌的聲音。

接著燈光也熄滅了。

「嗄？」

訝異地驚呼之後，席薇亞隨即感應到背後有巨大物體在移動。她反射性地跳向一旁閃避。某樣東西險些就要碰到她的臉。

「……哦。」

巴隆平靜的說話聲傳來。

席薇亞立即轉身想要離開，然而才跑沒幾步，她就被東西絆倒跌在地上。都是視野太差的緣故。她在地板上翻滾，逃向空房。

（不會吧……這難道是…………）

發覺自己遭人引誘進這裡時，一切已經太遲了。這裡是他的狩獵場。

——全然的黑暗。

大樓的窗戶被堵住。外面的光線完全照不進來。

什麼也看不見，什麼也感覺不到。

就只有最低限度的聲音，以及巨軀朝自己逼近的殺氣！

「……我受過即使眼睛看不見，依舊可以戰鬥的訓練。」

低喃響起，之後無聲的時間短暫流逝，強而有力的拳頭旋即從背後飛來。

席薇亞所能做的就只是在前一刻察覺，然後閃避直擊。幾乎足以令身體變形的衝擊力將她震飛。

「在黑暗的監牢中死去吧。」

巴隆的聲音傳來，接著席薇亞感應到下一拳逼近。那是看不見且無法閃躲的一擊。

（慘了……真的什麼也看不見——）

在沒有光線的黑暗中，席薇亞內心升起死亡的預感。

◇◇◇

——同一時刻，萊拉特王國大使館。

位處米塔里歐黃金地段的大使館內正在舉行派對。這天是萊拉特王國的建國紀念日，即使身在穆札亞合眾國的土地上，會議的出席者依舊邀請他國的重要人物前來，舉辦增進情誼的交流會。

莫妮卡所屬的爵士樂團也被招待來到派對會場。熟識的官僚希望他們能夠出席為派對增色，而他們也以完美的演出，回應對方希望以爵士樂演奏在王國耳熟能詳的曲目，這個有些奇怪的要求。

樂團成員在結束演奏之後仍留在會場，親切地和與會者互動。派對上也有好幾人是帶著家人一同前來。成員們和孩子一起演奏樂器，隨著樂聲搖擺身體。據樂團同伴透露，這樣的累積和付出，是讓對方下回再次招待樂團出席的訣竅。

莫妮卡也混在會場內，展現次中音薩克斯風的演奏技術，輕易地向眾人放送自己平時絕對不會展露的爽朗笑容。

「若是不嫌棄的話，下次還請找我們來參加派對。」

並像這樣大方地對他國官僚自薦。

正當她積極地拓展人脈時，忽然有人從背後對她說。

「吶，妳演奏得好棒喔，讓我聽了好感動。」

站在那裡的是一名年輕女性。

年紀大概比莫妮卡大一輪吧。她穿著性感的露肩禮服，披掛著一頭金色長髮。

「謝謝。」莫妮卡親切地回答。「呃，請問妳是——」

「米蘭達。是個被叔叔帶來參加派對的普通大學生。」

女性以玩咖一般的輕佻態度，要求和莫妮卡握手。

莫妮卡握手回應後，米蘭達神情詭異地對她低聲說道。

「妳該不會是想和有錢人搭上線吧？打算釣個金龜婿？」

「怎麼可能。」莫妮卡聳肩。「在下的樂團還沒有什麼名氣，得多多拓展演出機會。」

「咦？可是我聽說你們的樂團相當有名耶。」

「是嗎？其實，在下才剛加入不久。」

微微吐了舌頭，莫妮卡面露微笑。

米蘭達露出白皙的牙齒笑道。

「哈哈哈，看來我們很合得來呢。妳不覺得嗎？」

「今後還請妳多多指教了。」

「要不要我帶妳去一個好地方？」米蘭達低聲耳語。「那是妳應該會喜歡的，有錢人聚集的場所。」

好像很有趣呢，莫妮卡舔唇回應。

之後，兩人離開派對會場。米蘭達帶莫妮卡前往的，是遠離米塔里歐的熱鬧市區的小巷。沿著小酒館和酒店林立的小巷前進，她們來到一間咖啡館。

米蘭達出示硬幣後，咖啡館老闆便讓她們來到店的深處。走下通往地下室的階梯，眼前出現一扇大門。

大門開啟，在那裡的是一個寬敞的大廳。

在明亮的燈光下，將近五十個人漲紅著臉，高聲吶喊。

他們所圍繞著的，是撲克牌、輪盤、骰子、角子機這類賭桌。每當歡呼聲響起，性感的女性便會移動大量的籌碼。

「是地下賭場啊。」

莫妮卡泛起微笑。

「真不錯耶，感覺洋溢著人性的弱點。」

撲克牌桌上，坐著芬德聯邦的外務事務次官和穆札亞合眾國的製藥公司的社長。除此之外，還能零星見到幾位經濟會議的出席者。

米蘭達得意洋洋地笑著說。

「不介意的話，要不要我替妳介紹？我可以安排讓你們在這裡演奏，因為我認識這裡的經理。」

「是嗎？妳好厲害喔，真是幫了好大的忙。」

「那麼，給妳。」

結果，米蘭達遞出了某樣東西。

那是手掌大小的箭，一共有三支。

「嗯？飛鏢？」

「嗯。因為妳要是不玩個一次，我也很難替妳引薦嘛。妳有玩過這個嗎？」

「這個嘛，不知道耶。」

莫妮卡含糊地回答，跟在米蘭達身後。

大廳一隅掛了兩個標靶，周圍站著好像是這裡的圍事的男人。男人臉上戴著遮住右半邊臉的面具。

「這個遊戲非常簡單，只要朝標靶擲出去就好。」

米蘭達站在標靶前面，側著身體。

「就像這樣。」

她只移動手肘以下的部分，連續擲出三支飛鏢。

莫妮卡也大略知道遊戲的規則。米蘭達擲出的飛鏢全都射中二十分的三倍區，那是分數最高的區域。三支飛鏢都插在兩公分見方不到的小縫隙中。

標靶旁邊掛著一塊大大的黑板，上面被寫上「180」的數字。

莫妮卡模仿米蘭達，站在她旁邊的標靶前。儘管圍事感覺露出了不懷好意的笑意，她仍舉起飛鏢不予理會，然後側著身體，只用手肘以下的力量擲出。

「像這樣嗎？」

莫妮卡也連續三支都射中二十分的三倍區。

米蘭達的表情僵住了。

「……喔、喔～妳很厲害嘛。」

面具男幫忙回收標靶上的飛鏢，並在黑板寫下和米蘭達一樣的「180」。

之後，米蘭達和莫妮卡繼續輪流擲出三支飛鏢。雙方都射中二十分的三倍區，「180」這個數字不停地出現在黑板上。

注意到時，一旁觀戰的人變多了。

「這兩個女人是怎麼回事……」「簡直莫名其妙。」「那麼窄的縫隙，照理說應該射不中吧。」「她們根本就是怪物嘛。」

眾人不禁為莫妮卡和米蘭達的絕技發出讚嘆。

「吶，這個要怎麼分出勝負啊？」

結束第七回合後，莫妮卡問道。她已連續擲出二十一次二十分的三倍區。

米蘭達同樣也獲得相同的成績，並再次舉起手中的飛鏢。

「一般是八回合就結束比賽，由總分較高者獲勝。」

「要是又同分呢？」

「就打延長賽嘍。」

「這是哪門子爛遊戲啊，感覺一輩子都打不完。」

莫妮卡擺出已經厭倦了的態度，擲出飛鏢。

比賽輕易地就進入延長賽。黑板上的數字一度被擦掉，接著又重新寫上「１８０」。

眼見第九回合、第十回合的結果依舊相同，米蘭達用力嘖了一聲。

「……！給妳一個忠告，勸妳最好不要累積太多分數喔。」

莫妮卡瞇起雙眼。

「哦，為什麼？」

「因為這是賭博飛鏢。要是輸了，就得支付贏家的最終得分×一百多尼的金額。」

莫妮卡再次確認黑板上的數字。

十回合結束，總分為「１８０」。如果再乘上穆札亞合眾國的貨幣一百多尼，得出的金額將近男性平均年收的四倍。

——早料到會是這麼回事了。

莫妮卡的嘴唇動了動。

但是她表現出來的，卻是完全相反的窩囊表情。

「妳很過分耶，米蘭達，在下沒聽說這是賭博啊。」

「當妳來到這個地方的那一刻起，就沒資格找這種藉口了。」

米蘭達意氣風發地擲出飛鏢。第十一回合，她的分數依然是「180」。

「妳要是付不出來，就用身體來抵償吧？這裡也有脫衣舞秀。」

「這個在下也沒有聽說。」

「這些人相當狠毒喔。連用大型的斷頭台肢解人體都能面不改色。」

這時，莫妮卡發現包圍自己的面具男變多了。圍事大概是當地的幫派分子吧，個個顯然很習慣動粗。他們可能是想把輸家抓起來吧。

圍觀群眾開始露出低級的笑容，簡直就像希望莫妮卡輸掉一樣。

肢解秀。恐怕會沒命吧。

「有錢人的嗜好真讓人難以理解。」

莫妮卡聳聳肩，舉起飛鏢。

米蘭達則帶著嗜虐的笑容旁觀。

「真可惜，像妳這樣的天才很少見呢。」

「…………」

「不過，人類真的很不可思議呢。即使是輕而易舉就能做到毫無失誤的天才，一旦遇上攸關性命的場合，還是會馬上就失常。當然，我因為受過訓練，所以不會有這個問題。」

「…………」

「好了，得知真相之後，妳還能保持冷——」

「反過來說……」

無視對方的戲言，莫妮卡投擲飛鏢。

飛鏢不偏不倚地射中二十分的三倍區。

「——如果在下贏了，妳就會自取滅亡。沒問題，一點問題也沒有。」

「……！」

「這樣正好，因為在下也想問問妳特地盯上我的理由是什麼。」

第二、第三支飛鏢也命中了。

「妳挑錯對象了。在下會打敗妳，逼妳招出情報。」

「！妳不要得意忘形了！」

接著，兩名怪物展開激戰。

無論累積多少回合，兩名玩家依舊毫無失誤地持續拿下「180」的分數。途中，一再被射中相同地方的標靶還裂開，不得不更換新的。

到第十五回合為止，圍觀群眾還能高聲歡呼，在一旁狂熱地喝倒采。可是超過二十回合之後，他們就漸漸開始安靜下來。因為他們開始注意到，在他們眼前上演的，是兩個超越人類的怪物的廝殺。

大廳裡所有人聚在一起，屏氣凝神地觀望比賽的走向。

然而，到了第二十七回合，比賽起了變化。

莫妮卡的第三擲往下偏了。

「嗄——？」

她忍不住驚呼。飛鏢射中的位置是二十分的單倍區。

（射歪了……？）

莫妮卡的手沒有出任何差錯，然而飛鏢卻偏離了目標。

在空中受到某種因素阻礙——唯一能想到的理由就只有這個。

「嗯嗯？真可惜，比賽就要結束了。」

米蘭達詭異地笑道，並且舉起第三支飛鏢。

當然，她的第一擲和第二擲都有準確命中。假使第三擲的分數是二十一以上，那麼這場比賽便確定由她贏得勝利。

「妳就在那裡好好看著自己人生結束的瞬間吧。」

彷彿在回應圍觀群眾的期待一般，她擲出決定勝負的飛鏢——

◇◇◇

——席薇亞和莫妮卡與敵人接觸的一小時前。

在威斯波特大樓的三樓，百合同樣也有了即將遇上敵人的預感。

事情發生在她不停外送漢堡，同時完成間諜的工作時。

「啊，對不起，我又走錯要找的房間了。」

「妳還真常走錯耶……」

她一邊像這樣令大人物們傻眼，一邊在大樓內自由行動。假裝走錯房間，藉機在房內動手腳。

（很好，竊聽器裝設完畢。）

她在開門那瞬間，迅速在桌子底下安裝機器。傻氣又沒知識的女服務生這個角色非常適合她。由於她偶爾會真的走錯房間，所以完全不需要特別演戲。

就在她一邊道歉一邊準備離開房間時，對方「啊，妳等一下」地叫住她。

「咦？什麼事？」

見她回答得有些緊張，那名男性露出苦笑。他是合眾國經濟產業省的官僚。

「妳不用那麼緊張啦，我只是想跟妳打聽一則傳聞。」

「傳聞？」

「嗯。妳不知道嗎？就是出現在米塔里歐的英雄的事情。聽說英雄會在人們真正遇到困難時伸出援手。我問妳，年輕人之間是不是這麼謠傳的？」

由於百合完全不知道這件事，只好「不曉得耶，因為我是最近才來到這個國家……」地裝傻。

為求謹慎，她詳細打聽了那則傳聞，結果發現簡直有如都市傳說。

——英雄。

——只有身處絕望深淵的人才會見到，帶來希望與自由的人物。

那樣的情報似乎正在都市中暗中流傳。

百合偏著頭說：「帶來自由……就像港口那座女神像嗎？」

男人「沒錯沒錯。或許就是那樣的存在吧」地笑答。

這個傳聞雖然聽似美好，但是應該和任務無關吧。姑且詢問詳情後，百合離開房間。

她一面心不在焉地幻想英雄的模樣，一面走進電梯——

「嗯？」

背脊一陣發涼。

她並沒有具體目擊到什麼，但是卻能夠從流動的空氣中感應到變化。

百合舔了舔乾燥的嘴唇。

（……大概是累積多次經驗後，我也領會到所謂間諜的「直覺」了吧。）

仔細想想，克勞斯總是憑著「不自覺就知道了」的直覺完成任務。

看來，自己也擁有近似那樣的感覺了。

（敵人……要來了！）

她深呼吸，準備迎戰敵人的襲擊。

走出電梯時，仍不見敵人的身影。

然而回到店裡之後，她總算確定自己的直覺沒有錯。

「啊，小百合。有客人說有事情想要問妳。」

打工的前輩這麼跟她說。

百合實在想不出有誰會特地來拜訪自己。

「妳可以先離開沒關係喔。可以麻煩妳馬上去大樓後面一趟嗎？」

「好，我知道了。」

百合點頭，走向位於漢堡店深處的置物櫃。

（沒想到敵人會這麼明目張膽地找上門來……）

她取出藏在包包的夾層底內的手槍，然後收進腿掛槍套，用服務生的制服裙遮住。

百合拍拍自己的臉頰，下定決心。

（沒問題的，我要用老師傳授的技術擊倒敵人……！）

不可能會輸。

其他少女也正在對抗困難。身為領導人的自己，怎能不率先克服難關呢？

幹勁十足。

來到大樓後面，那裡站了兩名在套裝外披上大衣的男女。百合不認識他們。從銳利的眼神來看，他們很顯然不是普通市民，臉上更是刻劃著暴力世界特有的嚴峻神情。

每一吋肌膚都感覺得出來——對方相當有實力。

百合重吐一口氣，隔著裙子觸碰手槍。

「就是你們嗎？居然敢正面進攻，真是乾脆——」

「妳好，我們是米塔里歐警察署派來的。」

「嗯？」

意想不到的單字傳入耳裡，百合疑惑地偏頭。

警察？

的確，這兩名男女的樣貌確實很像刑警，而且也出示了警察手冊。

「…………」

百合暫時沉默下來，努力掌握現況。

她很快就做出了結論。

「原來如此，沒想到你們居然會假扮成刑警。」

百合嗤之以鼻。

「但是，你們以為我沒辦法識破那樣的變裝嗎？」

「嗄？」

「咦？」

雞同鴨講。對方一副打從心底覺得奇怪的樣子，看起來不像是在演戲。

百合終於察覺了。

「你、你們該不會真的是警察吧？」

「妳到底在說什麼啊……？」

男刑警皺著臉說。

「唔嗯，簡單來說，就是妳涉嫌殺人。可以請妳跟我們走一趟嗎？」

「涉嫌殺人？」

「根據目擊情報顯示，妳在前天用手槍殺了兩個人。拘捕令已經下來了。」

女刑警從懷中取出文件給百合看。

並非偽造的文書。拘捕令上蓋有穆札亞合眾國法院的印章，表示同意拘捕「小百合」。

但是，百合當然對於殺人一事毫無頭緒。

她終於明白了，這十之八九是敵人搞的鬼。

「我、我是冤枉的！這是加爾迦多帝國間諜的陰謀啊！」

百合急忙高聲辯解，但是刑警們卻只是皺起臉來。

「……這孩子要不要緊啊？」「看來有必要進行藥物鑑定了。」

「我是說真的！」

「我說妳啊，就算要撒謊，也該編個合理一點的謊言。帝國的間諜有什麼理由要陷害普通的留學生打工仔？」

「這、這個嘛……」

當然，百合不能說自己是間諜。

「呃……」百合堆起可愛的笑容。「你們覺得是什麼原因？」

「逮捕她吧。」「只能逮捕了。」

「你們也太無情了吧！請、請不要靠近——」

眼見兩人徐徐進逼，百合慌張地揮動手臂，結果手撞到了自己的大腿。

叩咚一聲。

收在腿掛槍套裡的手槍掉在地上。

「「「…………………」」」

注視著地上的手槍，在場三人陷入沉默。

男刑警清了清嗓子，看著自己的手錶。

「呃，小百合・赫本。」

「……是。」

「二十時四十七分，以殺人罪嫌將妳逮捕。」

手銬銬上了兩隻手腕。

百合遭到逮捕。

席薇亞、莫妮卡、百合——三人各自陷入了絕境。

◇◇◇

「…………」

緹雅站在公寓的窗邊，凝望著米塔里歐的夜景。

心中始終有著不祥的預感。

她沒有收到成員的定期報告。她們照理說，每天都會以各自的方法回傳一次情報，接著緹雅和葛蕾特再以那份情報為基礎，做出下一步的指示。

然而，都已經過了約定的時間，同伴的情報卻都還沒有送達。

一定是發生問題了。席薇亞、莫妮卡、百合想必是遇上了意外事件。

「不曉得她們要不要緊……？吶，妳有什麼看法？」

緹雅對將地圖攤在餐桌上來看的葛蕾特問道。

她的臉上同樣掛著凝重的神情。

「這個嘛……令人擔憂的是，我們這群人有著共通的弱點。」

「共通的弱點？」

有那種東西？

投以疑惑的視線之後，只見葛蕾特點頭。

「我們——沒有進行防守的訓練。」

「啊……」

讓人心服口服的弱點。

少女們平時訓練的重點，都是擺在攻陷克勞斯上。總是收集已經明曉身分的敵人的情報進行突擊，並未鍛鍊防守來歷不明的敵人的技術。

「所以受到敵人攻擊時，我們就會很脆弱。」

「……！」

這番話令緹雅回想起安妮特事變。

她沒能識破安妮特的母親的真正意圖，持續遭到對方玩弄。儘管成功突破陸軍情報部的包圍網，卻經歷了身陷敵方策略無法掙脫的痛苦經驗。一如葛蕾特所言，自己確實非常缺乏防守敵人攻擊的經驗。

同伴說不定會跟自己一樣輸掉。

不祥的想像掠過腦海，緹雅不由得咬住嘴唇。

「……妳放心。她們一定會抓到敵人，帶回情報。」

這時，葛蕾特對她投以微笑。

「為此，我事先準備了對策……讓小小間諜們發揮龐大的力量。」

緹雅想起來了。想起葛蕾特在四處巡視之後想出的計策。

她輕輕地頷首。

「然後更重要的是，我們發揮本領都是在——」

◇◇◇

一如葛蕾特的策略，三座戰場皆產生了變化。

威斯波特大樓的後面——百合眼看就要被迫坐上警車，遭警察帶走。

「嗚嗚嗚嗚嗚～這是帝國間諜的計謀啦～我是被陷害的～」

「妳還在高喊陰謀論啊……？」

女刑警對著開始大哭的百合說。

「我問妳，妳背後掛著的布偶是什麼？」

百合一頭霧水。

她轉頭望向背後，看見自己背上掛著一個貓咪造型的布偶。

到底是誰放的？

正當她感到困惑時，布偶突然噴出煙幕。

「百合大姊，和本小姐一起逃吧！」

煙霧中傳來愉悅的說話聲。
接著電擊棒的啪滋聲響起，周圍的刑警全都趴倒在地。
百合被人拉著手拔腿狂奔，和安妮特一同展開大逃亡。

位於小巷的地下賭場——莫妮卡和米蘭達的飛鏢比賽。
「！」
米蘭達在第二十七回合的第三擲，飛鏢稍微往上偏了。
分數和莫妮卡一樣是二十分的單倍區。這下兩人同分，比賽確定要再度延長。
米蘭達滿臉通紅地大喊。
「是、是老鼠啦！剛才有東西撲到我腳踝上！」
「喔，好差勁的藉口。」
莫妮卡一副早有預料地嘲諷她。
然而內心裡，莫妮卡正在對同伴送上讚美。她想必正在擠得水泄不通的圍觀群眾中暗自喝采。
（莎拉，妳做得太好了。居然敢潛入這種地方，妳可真有膽識啊。）

莫妮卡偷偷地豎起大拇指。

混在圍觀群眾中，悄悄收回老鼠的莎拉泛起微笑。

辦公大樓的黑暗空間——席薇亞和巴隆的決鬥。

那原本是無可閃避的一拳。

受過訓練的席薇亞雖然在暗處也能行動無礙，但若是在沒有任何光線的黑暗之中就另當別論了。視覺一旦失靈便無從應對。

巴隆感知到聲音而逼近的拳頭，無疑是必殺的一擊。

——假使沒有人拉扯席薇亞的背部的話。

席薇亞當場倒下，勉強躲過了攻擊。巨大的拳頭從眼前通過。閃避之後，幫手拉著她的手臂拔腿就跑。

但是，幫手好像在黑暗中同樣也什麼都看不見，結果「叩」的一聲猛力撞上牆壁。

「不幸……」愛爾娜發出呻吟。

「不，完全不會不幸。這樣簡直棒透了。」

席薇亞撫摸她的頭，把背靠在牆上。只要來到房間的角落，對方進攻的方向就會受限。

「……哦，是幫手啊。」

巴隆的說話聲從黑暗中傳來，同時伴隨著冷酷殺手的殺氣。

「但是，這樣也改變不了什麼。妳們別想逃離這座黑暗的監牢。」

沒錯，壓倒性的不利處境絲毫不變。

和能夠在黑暗中自在行動的拳擊手廝殺——這樣的狀況說是天大危機也不為過。

可是席薇亞卻不為所動。她的心中毫無懼意，因為她可是和遠比巴隆更強的男人交手過無數次。

「真是遺憾啊，沒能以第一擊打倒我們的當下，你就注定要輸了。」

席薇亞露出大膽的笑容，掄起拳頭。

巧的是，她接下來所說的話，竟和葛蕾特在別處所說的話一模一樣。

「無論何時，我們發揮本領都是在——進攻的時候喔。」

在米塔里歐的三座戰場，少女們正準備開始反擊。

3章　英雄

the room is a specialized institution of mission impossible
code name yumegatari

位於小巷的地下賭場——客人和工作人員都目不轉睛地關注著那場激烈鬥爭。

藍銀髮少女莫妮卡，以及玩咖女大生米蘭達。

第二十七回合結束，兩人的分數相同。莫妮卡在第二十七回合的第三擲錯失了二十分的三倍區，而就在眾人都以為比賽終於要分出勝負的瞬間，米蘭達的飛鏢竟也射偏了。除了一支外，兩人皆拿下最高得分。

雙方的總分都是「４８２０」。

在這個當下，輸家確定得支付四十八萬多尼的金額。如果輸了無疑會破產，然後在前方等著的，是肢解人體的脫衣舞秀。

搏命的延長賽持續進行，所有觀眾無不緊張萬分。

在那樣的氣氛下，莫妮卡一邊撥弄劉海，一邊擬定戰略。

（情況有點棘手耶……）

問題在於第二十七回合的第三擲。

莫妮卡擲出的飛鏢不知為何往下偏了。

（原因果然是風嗎？空調被人動了手腳……這麼說來，這裡的圍事和米蘭達是一夥的……這下糟糕了。而且對方恐怕也已對莎拉的老鼠起了戒心……）

總之不管怎樣，下次如果再射偏，莫妮卡就會輸掉這場比賽。

那就打破騙局吧。贏過米蘭達，奪取潛藏在她背後的人物情報。

「喂，妳還不擲嗎？」

米蘭達耀武揚威地笑道。

她已經結束第二十八回合，而且理所當然沒有失誤，拿下了「180」的分數。

「妳怕了是嗎？希望妳下次擲的時候，飛鏢不會射偏了才好。」

「……果然是妳搞的鬼。」

「天曉得？我不懂妳在說什麼耶。我就告訴妳吧，在這裡，飛鏢射在標靶上的結果才是一切。」

「用不著妳擔心——在下已經找到攻略方法了。」

經她這麼煽動，心情反而冷靜下來。

莫妮卡緊握三支飛鏢，站在標靶前方。

她注視著標靶，結果見到正前方有灰塵在飛舞，顯示空中產生了不規則的變化。看來風果然只有在莫妮卡的標靶前方劇烈地流動。

莫妮卡不會判讀風的流向。

因此她所選擇的，是極其簡單的解決方法。

「啥？」圍觀群眾愣住了。

那是照理說不可能出現的舉動。莫妮卡高舉雙手，將左膝彎曲抬至腰際，接著將身體往後傾，製造反作用力。

在一片愕然的氣氛中，莫妮卡一鼓作氣地擺動手臂，擲出飛鏢。

巨大的一聲「咚！」響起，飛鏢準確射中了目標。

「喔，成功了。」莫妮卡笑著說。

面對發生在眼前的奇蹟，圍觀群眾露出本日最驚訝的表情。

浮現在他們腦海裡的，是穆札亞合眾國的國民運動。

米蘭達滿臉錯愕。「喂，那是……」

「在下昨天看了電視轉播。這叫做揮臂式投球對吧？」

那是棒球的投球姿勢。

利用全身的彈性，將手高舉過肩、擲出飛鏢。就好比投手投出的快速球一樣，莫妮卡的飛鏢也撕裂了風。

若是採取這種方法，什麼樣的妨礙都沒有意義。

第二擲、第三擲的飛鏢也都發出爽快的聲響，射中二十分的三倍區。

「────！」

米蘭達愕然失語。

圍觀群眾也是如此。那種投擲姿勢完全超出飛鏢的常識範圍，更不可能加以控制。

「這種奇蹟……！不可能持續發生！」米蘭達發出悲鳴。

「會持續發生喔。」

之後，一如莫妮卡所預告的景象成真了。

第二十九回合、第三十回合、第三十一回合、第三十二回合，莫妮卡都以將手高舉過肩的投擲姿勢拿下最高分。另一方面，米蘭達則是繼續以標準的姿勢投擲飛鏢，緊咬分數不放。

如此一來，圍觀群眾自然而然會傾向於支持莫妮卡。他們被展現出前所未見的飛鏢技術的莫妮卡所吸引，米蘭達完美但是單調的投擲方式則漸漸不再受到矚目。

莫妮卡每次投擲，現場都是歡聲雷動。

大廳再次籠罩在狂熱的氣氛之中。

令圍觀群眾更加情緒沸騰的，是第三十三回合──

「這樣下去，一輩子都分不出勝負。」

莫妮卡提議。

「吶，接下來同時投擲三支飛鏢妳覺得如何？」

「……妳腦袋有問題嗎？」

「妳害怕了嗎？在下可是游刃有餘喔。」

話才說完，莫妮卡就一次握住三支飛鏢，將手高舉過肩擲出。

所有飛鏢全都準確命中，再次獲得「180」的分數。

更加神乎其技的技術，讓圍觀群眾響起如雷掌聲。莫妮卡揮著手煽動觀眾。

這麼一來，觀眾自然會對米蘭達的表現產生期待——

「……那種雜耍，我才不幹哩。」

她選擇照舊一支一支地投擲，安全地拿下最高分。

噓聲四起。

對著米蘭達說她是「膽小鬼！」的奚落聲傳來。

第三十四回合、第三十五回合、第三十六回合，莫妮卡都以將手高舉過肩、同時擲出三支的方式，獲得最高分，回應圍觀群眾的聲援。

相反的，群眾對米蘭達發出的盡是罵聲。像是要干擾她無趣的投擲方式一般，「有什麼好怕啦」的揶揄話語傳來。

這下似乎就連米蘭達也很難不受影響，只見她的額上開始冒汗。

莫妮卡決定毫不留情地追擊。

（莎拉，就是現在。）

判斷米蘭達的專注力下降後，她打了手勢。

一隻老鼠避開旁觀者們的視線，鑽過眾人腳邊，然後在完美的時機點，撲向正準備擲出飛鏢的米蘭達的左腳。

這下贏定了，莫妮卡也預期自己將獲得勝利。

「——噓！」

可是，米蘭達沒有動搖。

她推翻預期，第三擲也命中了二十分的三倍區。

「…………！」

莫妮卡倒吸一口氣。

米蘭達的腳踝滲出鮮血。是老鼠張口咬了她。

但是，她卻不當作一回事。無論是噓聲，還是莎拉的奇襲。

「妳的表情很意外耶，妳以為自己贏定了嗎？」

「…………」

「沒用的啦。不管什麼樣的動搖手段，都已經對我無效了。」

一邊交談，米蘭達舉起下一支飛鏢。

第三十七回合，她一支、一支謹慎地投擲。

「我啊，為了投擲飛鏢做過幾萬次、幾十萬次的努力。不管妳想做什麼，我都只要相信這一點就好。」

從第一回合開始，就始終不變的節奏、速度、軌跡。

彷彿精密機械一般，重複著一模一樣的投擲。

「意思是，努力就是妳和在下之間的差距嗎？」

反觀莫妮卡則是一次擲出三支，一轉眼就結束這個回合。那是誰也模仿不來的超高技術。

兩人以形成對比的投擲方式持續延長賽。

第三十八回合。

「沒錯，所以——我不會累。」

米蘭達笑道。

「我已經知道妳的攻略方法是什麼了。妳之所以會持續一次擲三支這樣的雜耍，不是為了表演，而是想要減少投擲的次數。因為那種姿勢會對手臂造成相當大的負擔。」

「…………」

「妳遲早會失誤。無論什麼樣的天才，都躲不過疲勞這件事。」

被說中了。

為了避開風的阻礙，莫妮卡必須持續以全力投擲。相反的，米蘭達則只需要輕鬆地以正常姿勢投擲就好。哪一方會先感到疲憊，顯而易見。

第三十九回合、第四十回合、第四十一回合。

「吶，妳差不多開始覺得難受了吧？」

「妳應該也一樣會累吧？」

「我剛才不是說了嗎？我是不會累的。」

第四十二回合、第四十三回合、第四十四回合。

「妳不會懂的……妳不知道我花了多少時間去磨練這項技術…………疲倦？怎麼可能。就算擲一千支，我照樣能夠命中目標。」

「妳為何要做到這種地步……？」

「——是因為劇痛啦。」

「劇痛？」

「有個男人的聲音在我腦中呢喃……要我【持續鍛鍊】……只要反抗，劇痛就會到來……那個男人的……足以讓心壞掉的疼痛就會降臨……我必須繼續投擲下去才行……即使犧牲一切也一樣……我的命運已經注定是如此了。」

第四十五回合。

「……宛如置身地獄……可是身體卻會擅自動起來……因為我討厭痛，所以絕對……因為怕到眼淚都要流出來了……所以我非贏不可……」

「…………」

「我相信，只要重複不斷地努力，一定可以克服任何逆境！」

結束第四十六回合，莫妮卡吐了口氣。

在對話中漸漸清晰可見的——幕後黑手的身影。

莫妮卡揉揉自己的右臂，沒辦法再繼續逞強了。一如米蘭達的預測，疲勞已逐漸開始累積。連續做不習慣的運動，讓肌肉漸漸變得僵硬。

——形勢不利。對手不會疲倦，而且任何動搖手段都行不通。

若是打長期戰，莫妮卡的體力只會不斷地消耗。

第四十七回合只能不得已改變戰術。

她放棄一次擲三支，只將一支飛鏢握在手中。

「嗯嗯，妳要恢復只擲一支嗎？」米蘭達的語氣中帶著嘲笑。

「是啊。」

「妳是怕疲勞會造成失誤吧？不過，那樣會讓投擲次數增加，不是個好方法喔？」

為了避免失敗的風險，不能一次擲三支。但是一個回合擲三次，在這場長期戰中是逼不得已的殘酷選擇。

莫妮卡自嘲地揚起嘴角。

（啊啊～要是在下像百合一樣有毒藥，就能輕鬆取勝了。）

這是無理的強求。但是，如果是她應該就可以逆轉局勢。只要使用只對自己無效的毒氣這樣的犯規攻擊，就能擊敗米蘭達。

——莫妮卡沒有。

她姑且有著算是特技的特技：「偷拍」。那便是莫妮卡一直對同伴保密的力量。超乎常人的演算技術和機械般的精密動作，時而利用鏡子的反射，捕捉到移動目標的行蹤。

在間諜世界中被視為珍寶的技能——可是，那終究是普通的技術。

既非特異體質，也不是和出身相關的特殊能力。

很難稱得上強大，就只是一個半吊子的特技。

（真虧在下竟然還能靠著這種雕蟲小技作戰呢。）

一面自嘲，莫妮卡繼續投擲。

比賽持續進行到第四十八回合、第四十九回合。

莫妮卡的投擲出現異狀，是在第五十回合的第二擲。

「！」

擲出的瞬間，莫妮卡的臉立刻垮下來，按住右臂。

飛鏢往右上偏，射中一分的單倍區。分數僅僅只有「1」。

「看來妳終於到極限了呢。」

反觀米蘭達則是直到第二擲，依舊穩穩地射中二十分的三倍區。換句話說，她如果第三擲沒有射偏，莫妮卡就確定敗北。

總分將近九千，這當然不是一筆付得出來的金額。

「多麼美妙的一刻啊。能夠見到努力凌駕在才能之上，真是教人感到痛快。」

米蘭達帶著老神在在的笑容，準備投擲第三支飛鏢。

勝負即將分曉。

圍觀群眾一片譁然。莫妮卡在大批人群之中，見到莎拉努力踮起腳尖，用唇語對自己傳達訊息。

「莫妮卡前輩，請快點逃走！」

莫妮卡的理性也認為這個選擇很合理。只要夾著尾巴逃走就好；自尊什麼的，也只要拋棄就好。儘管已經被戴著面具的黑衣人團團包圍，還是殘存著些許逃脫的可能性。

可是莫妮卡卻依舊按著右臂，動也不動。

「光靠努力是沒用的啦。」

斬釘截鐵地斷言。

對著停下動作的米蘭達，莫妮卡接著說。

「在下不會否定妳的鍛鍊。但是，光靠那樣是不夠的。」

米蘭達蹙起眉頭。

「妳突然說什麼啊……？」

「妳和妳差勁的價值觀實在讓人很火大。」

「嗄？」

「『只要努力就能克服任何逆境』？妳是白痴嗎？妳知道在這個充滿痛苦的世界上，有多少人因為沒有得天獨厚的環境和才能而喪命嗎？」

出現在莫妮卡腦中的，是自稱世界最強的男人。

他應該很清楚才對。了解那些光憑個人所無法抗衡的不合理，束手無策地死去的人們，連持續鍛鍊的機會也沒有的孩子，因為沒有才能而消逝的生命。

所以，他才會在遇見莫妮卡等人時這麼說。

『妳們身上暗藏著無限的可能性。』

打從一開始，他所尊重的就是——才能。

「告訴妳，世上確實存在著光靠努力絕對無法跨越的高牆。」

只要冷靜地去想，瞬間就會明白。

凡人只是累積努力，就有辦法贏過克勞斯嗎？答案是NO。

（只要見到那個男人，就會瞬間明白努力是有極限的……！）

那便是她這幾個月來學到的事情。

莫妮卡咂舌。

「真令人不愉快。妳明明也是天才，拜託不要表現得像個凡人。」

「……玩笑開完了嗎？妳打算在最後賭一把，企圖動搖我是嗎？」

米蘭達一笑置之，擲出飛鏢。

「沒用的，這場比賽到此結束！」

飛鏢離開米蘭達的手指那瞬間，莫妮卡也舉起飛鏢。

「就讓在下來告訴妳為什麼會失敗吧。妳不應該靠努力——而是應該要相信自己的才能才對。」

米蘭達錯了。

她不單單是因為受到挑釁，才急著擲出第三支飛鏢。她直到最後都全然地依賴自己的努力，所以，她在第三擲依舊選擇了相同的姿勢。相同的發射點，相同的速度，相同的軌跡。

假使米蘭達稍微做出一點點改變，結果應該就會大不相同。

面對變幻自如的莫妮卡，一直採取相同的模式實在太大意了！

莫妮卡也在同一時刻，擲出第三支飛鏢。

但她瞄準的不是標靶——是米蘭達的飛鏢。

「啥？」

米蘭達發出哀號。

疲勞只是演技，莫妮卡其實還保有體力。像是要將剩餘體力全部用盡般，她所擲出的飛鏢以猛烈的速度飛來，擊落米蘭達的飛鏢。莫妮卡的飛鏢被彈開後偏離軌道，在空中旋轉。

看著那支飛鏢的去向，莫妮卡一邊回想。

（努力是有極限的……凡人超越不了天才……）

這是莫妮卡和克勞斯相遇之後，深切體會到的一點。

是她與身處另一個次元的人面對面後體悟到的事。

（但是，克勞斯先生選擇了在下。而且還一再地誇獎在下。）

他發自內心不停地說。

一次又一次地說『——好極了』。

（既然如此，在下也只好承認自己是天才了。）
莫妮卡最後相信的，是自己的才能。
在觀察米蘭達多達一百五十次如機械般始終不變的投擲之後，她創造出了超高難度的技巧。
莫妮卡堅信自己一定能夠辦到。
莫妮卡的飛鏢彈開米蘭達的飛鏢，在空中飛舞，朝著她鎖定的位置而去。像是要重疊在第一擲的飛鏢上似的，第三擲命中了標靶。
「騙人……」
「妳這麼說過對吧？『在這裡，飛鏢射在標靶上的結果才是一切』。」
第五十回合結束。
莫妮卡的最後總分是「８９０１」，米蘭達則是「８９００」。
觀眾高聲吶喊。這場長達將近兩小時的激戰，終於畫上了休止符。莎拉在人群後方含著淚水，獻上掌聲。
米蘭達頹然跪地。
莫妮卡俯視著那樣的她說道。
「是在下贏了。」
「…………！」

「好了，妳要付錢嗎？如果付不出來，可以去跳脫衣舞秀賺錢喔？」

米蘭達的表情垮了下來。

莫妮卡宣告。

「假使妳不願意，在下可以借妳錢。但是，妳得拿指使妳的雇主情報來交換。」

對方背後有下達命令的幕後黑手。那人大概命令她解決掉舉止可疑的人吧。假使幕後黑手是「紫蟻」，就能一口氣接近目標。

正當莫妮卡抱著這份期待，等待對方吐實時——

——米蘭達卻突然將飛鏢的尖端刺向自己的頸項。

「……！」

這下就連莫妮卡也大吃一驚，趕緊抓住米蘭達的手。

「妳在做什麼？沒有必要尋死啊！」

「不行……」米蘭達搖頭。「這是已經決定好的事……」

「什麼意思？」

「『要是輸了就去死』……那人是這麼說的……要是不這麼做，疼痛就會到來……懲罰就會降臨……我不要……死了反而比較好……身體已經不聽使喚了……」

米蘭達抵抗莫妮卡的制止，企圖繼續自殺。

儘管淚流滿面，卻不停止將飛鏢插向脖子的行為。

「我無論如何都不想被懲罰……」

「——！」

身體深處湧現怒氣。莫妮卡終於明白了。

米蘭達只是普通的市民。不過是在幕後黑手的拷問下，被改造成了士兵。

真正的她，應該是個愛玩、有擲飛鏢的才能、個性友善好親近的女大生。

脖子上流出汩汩鮮血，米蘭達夢囈似的呢喃。

「……啊啊，不曉得英雄會不會來？」

「嗄？」

「以前有人告訴過我，說當身處絕望深淵時，一定會有英雄現身拯救。那果然只是謊言嗎……？枉費我還一直記得那句話……」

說出好比圖畫書一般的話。

她大概快到極限了吧。

做出這樣的判斷之後，莫妮卡用手刀敲擊米蘭達的脖子，使其失去意識。但是，她即使昏倒了依舊用力握著飛鏢，彷彿那是她的使命一般。

「麻煩幫她療傷。你們是一夥的吧？要是她又想自殺就阻止她。在下不需要獎金。」

莫妮卡對地下賭場的工作人員們說。

然而，她並不覺得這樣就能解決問題。恢復意識之後，米蘭達八成馬上又會繼續自殺。除了殺死幕後黑手，沒有別的方法可以拯救她。

莫妮卡轉身背對錯愕的圍觀群眾，低聲地說。

「莎拉，咱們走。必須把剛才見到的事情告訴情報組才行。」

「……說得也是。」

她們一起回到地面上。

在爬完樓梯之前，兩人什麼話也沒說。

儘管獲得了勝利，卻不是一個讓人心情愉快的結局，而且也沒有得到重大的情報。徒留下勒索普通女大生，這個教人感覺不是滋味的結果。

莫妮卡拿出記事本寫上暗號文，然後將紙片交給莎拉。莎拉從帽子裡取出寵物鴿，將報告書綁在牠的腳上。鴿子拍動翅膀，朝著情報組所在的公寓飛去。

「不、不過！」

完成報告之後，莎拉像在顧慮什麼地用開朗的語氣說。

「莫妮卡前輩真的好厲害喔！小妹再次對妳充滿敬意！」
「謝謝，妳的支援也相當到位喔。」
「啊，沒這回事！坦白說，小妹就只會做些瑣碎的——」
「在下希望妳也能有天才的自覺。」
「……？」
「總之，這次受妳幫助了，等任務結束後，在下就直接指導妳吧。在盡是小鬼和笨蛋的『燈火』裡，妳算是相當努力認真的人。」
「真、真的嗎？」
莎拉開心地紅了臉頰。
之後，莫妮卡從口袋拿出飛鏢，用手指轉來轉去。
「啊，妳拿了一支出來嗎？」莎拉笑問。
「嗯，在下打算藉這個機會開始玩飛鏢。」莫妮卡得意地點頭。
「咦……開始？」
「是啊。以第一次擲飛鏢來說，在下表現得還不錯吧？」
莫妮卡對瞠目結舌的莎拉投以微笑。

在地下賭場上演的激戰，最後是由「莫妮卡、莎拉」組獲勝。

可是下個瞬間，等待著她們的卻是——

◇◇◇

「席薇亞、愛爾娜」組的戰況極為激烈。

在沒有半點光線的大樓裡，唯一能夠依靠的就只有視覺以外的感覺。

擋在兩人前方的巴隆，似乎即使身處黑暗也能自由行動。他能分辨席薇亞兩人的呼吸聲，推測距離，然後無聲地移動、制伏目標。

隱藏殺氣逼近後，伸出受過拳擊磨練的拳頭。假使被準確擊中，肯定會一拳就當場倒地昏迷。

反觀與之對抗的，是席薇亞的身體能力和——

「從左邊來呢！」

愛爾娜的超強直覺。

對愛爾娜的話起了反應，席薇亞立刻蹲下，伸腿一踢。

只要腳尖碰到了，就能推測出對方大概的位置。

接著她火速開槍。火焰在黑暗中瞬間噴發，巴隆的臉孔因此浮現。

對於應該已是窮途末路的獵物做出的反擊，對方似乎感到困惑。

「……該死的臭蟲子。」

因為沒有瞄準的關係，結果那一槍並沒有造成致命傷。巴隆好像急忙移動到了別處。腳步聲響起，他又再次消失在黑暗之中。

席薇亞讓愛爾娜躲在自己背後，將她夾在牆壁和自己之間。她本身沒有必要移動位置，反正對手已經知道她的所在之處了。

黑暗中的殊死鬥戰況持續膠著。

「愛爾娜，我想聽聽妳的意見。」

席薇亞問道。

「該怎麼做才能打破現況？」

既然這個狀況無法用普通方法突破，那麼比起自己的頭腦，不如仰賴同伴的意見。雖然不如葛蕾特那麼聰明，不過愛爾娜這個人的腦筋也轉得相當快。

儘管交談聲可能會被巴隆聽見，但也沒辦法了。對方的聽力很強，即使小聲說話恐怕也會被聽見。

「只能暫時撤退呢。」

愛爾娜即刻回答。

即使身處陷入恐慌也不奇怪的絕境，她依舊冷靜地解說。

「因為進來的門已經被堵住了，所以必須從別的出口出去。在這裡戰鬥太不利了呢。」

「雖然很不甘心，但也沒別的法子了。這樣下去，根本看不到勝算。」

「我們不是輸了呢，只是為了打贏暫時撤退而已。」

「喔～說得真好。不過，我有一件事想問妳——」

「呢？」

「——出口在哪裡？」

「…………………………」

既然什麼都看不見，當然不可能知道要往哪裡逃。這棟大樓兩人是第一次來，已經置身黑暗中的她們，處於連自己現在身在何處都不知道的狀態。

愛爾娜在身後悲嘆。

「不幸……」

「嗯，唯獨這次真的是無計可施了。」

不管怎樣，看來有必要繼續在這片黑暗中作戰了。就現況來看，摸黑移動的風險太高，而且也無法預測巴隆會從哪個方向現身。

這時，愛爾娜又說「從前方呢」。

席薇亞預測攻擊時機，沿著牆壁移動。她感應隨物體移動所產生的氣流，發射子彈。在看不見的情況下，槍聲顯得格外響亮。

但是，子彈似乎打中了別的地方。

巴隆的拳頭在黑暗中逼近！

光是擋下便已竭盡全力。席薇亞用手臂化解對方的刺拳和勾拳，然後被愛爾娜拉著移動至別處。

「……哦，直覺真強。」巴隆令人毛骨悚然的低語聲傳來。

用來防禦的手臂發麻，八成是內出血了。

開槍作為牽制之後，巴隆再次拉開距離。標準得宛如範本的打帶跑戰術，這可能正是他打拳擊時的戰鬥風格。

這一次，巴隆很快便又進攻。

愛爾娜差點就來不及下指示。倘若席薇亞沒有聽到巴隆的鞋子摩擦聲，現在肯定已經完蛋了。她在千鈞一髮之際避開朝臉揮來的拳頭，連滾帶爬地逃離。

（這樣下去，遲早會到達極限……！）

對方在近身搏鬥這方面本來就占有優勢，就算有愛爾娜的直覺，席薇亞兩人在這場黑暗的戰鬥中依然幾乎只有單方面挨打的份。一旦子彈用完，到時連逃跑都會變得非常困難。

「呢……」愛爾娜不安的說話聲響起。

席薇亞在黑暗中朝她伸手，牽著她，然後跟隨她的引導，在房間內狂奔。沒多久愛爾娜撞上牆壁，席薇亞再次背靠著牆，準備迎接巴隆的攻擊。

「喂，巴隆先生！」

她忍不住高聲喊道。

「……哦？」

回應聲從黑暗的某處傳來。

一瞬間，席薇亞考慮朝聲音傳來的方向開槍，但想想還是不能單憑直覺使用珍貴的子彈。

「你為什麼要做這種事？」

於是取而代之這麼問道。

「不管怎麼想，你現在應該還是能當拳擊手才對。你為什麼要做暗殺這種勾當呢？」

聽副社長說，他是因傷引退，但那恐怕是謊言吧。現在的他，無疑正處於全盛時期。

巴隆的回答十分冷淡。

「……哦，我沒有義務告訴妳。」

「這樣啊。」

席薇亞聳了聳肩，結果這時巴隆的嘆息聲傳來。

「……話說回來，妳們不也同樣是無法活在陽光下的人嗎？」

沉重的語氣。

「我們哪裡都去不了，只能在黑暗中蠢動……難道不是嗎？」

聲音中，帶著近似豁達的決心。

儘管並未抱著多大期待，但看來是很難說服他了。戰鬥是無可避免之事。

像是在說「對話到此為止」似的，巴隆的呼吸聲消失。他再次融入黑暗，似乎正在為攻擊進行準備。

席薇亞同樣也做好心理準備。

無聲的時間流逝。在伸手不見五指的狀況下，一旦連聲音也沒有，就會讓人有種這裡是世界盡頭的感覺。不管是主要街道上閃耀的廣告燈光，還是塞車的喇叭聲，全都傳不進這個空間裡。

「右邊，呢？」愛爾娜喃喃地說。語調和之前有著微妙的差異。

席薇亞也察覺到了。

對方改變了攻擊模式。雖然有拳頭逼近的感覺，卻和先前不同。她集中全副精神，感應那份異樣感。

巴隆瞄準的對象——不是席薇亞，而是愛爾娜。

他使出了先攻擊弱者，而非身體能力強的席薇亞的手段。

朝著無聲無息地經過席薇亞身旁，準備攻擊搭檔的巴隆——

「開什麼玩笑！」

——席薇亞使出豪邁的後迴旋踢。

憑著異於常人的身體能力做出超快反應。

那記攻擊雖然完全是胡亂出招，但是感覺似乎命中了巴隆的臉。相對於之前處心積慮尋找正確的攻擊時機，這次身體似乎是自然而然動了起來。

「不准對我的同伴出手！」

得償所望的一擊。

席薇亞終於擊中先前沒能準確捕捉到的巴隆了。

但是——

「……哦。居然接受挑釁，真是幼稚。」

一切似乎都在他的預料之中。

巴隆好像早就決定要接受席薇亞的攻擊了。他抓住席薇亞朝他臉部踢出的腿，使其失去平衡。

席薇亞立刻朝巴隆伸手。

「一切到此為止。」

巴隆的拳頭，刺中浮在半空中的席薇亞的腹部。

正中心窩。呼吸頓時徹底停止，腦筋一片空白。

回過神時，席薇亞已重重摔落在地板上。她在滿是灰塵的地上打滾，身體好不容易停下時，四肢卻完全使不上力。

「席薇亞姊姊……！」

愛爾娜的語氣悲愴。

「不——」

為了不讓她難過，席薇亞忍著痛面露笑容。

「——我已經偷走了。」

黑暗被照亮。

細微的火光照亮房間，使其全貌清晰顯現。遭到棄置的辦公桌、目瞪口呆的愛爾娜，以及表情錯愕的巴隆現身眼前。

席薇亞手中拿的是打火機。

「妳這傢伙……」巴隆呻吟。

席薇亞記得。記得巴隆在幫副社長點菸時使用了打火機，也記得他將打火機收在哪個口袋裡。

她仰賴打火機的微弱光線定睛凝視。房間的牆上，貼了一張地圖。

（看到了，是出口…………！）

沒時間拖拖拉拉了。打火機的燃料一旦用完，一切就完了。

席薇亞再次在全身施力，奮力起身。然後抓著愛爾娜的手臂，拔腿狂奔。

◇◇◇

巴隆冷靜地注視著狂奔的少女們，開始追逐。可是，他並沒有使出全力。他始終和敵人保持不會過近的距離，朝著敵人手中打火機的火光跑去。

「我們就這樣逃出去吧。」名叫「席薇亞」的少女笑著這麼說。

語氣是如此開朗，充滿著對勝利的確信。

她大概打算姑且先脫離黑暗，再來重整態勢吧。

（不……）巴隆繼續假裝很不甘心的樣子，一面思考。（妳們是逃不掉的。）

少女的淺薄見識終究不足為懼。

——到此為止，一切都和巴隆計劃的一樣。

（妳太醒目了。妳把自己的情資全都暴露出來。）

偶然間，巴隆目擊到了。

目擊到一名實習記者，果敢地對可疑的政治家進行突擊採訪。巴隆立刻對她起了戒心，並且從她的性格推斷出她的行動模式。從她接近巴隆所侍奉的副社長的手段，到她具備竊盜才能這件事，全都在巴隆的預料之內。

於是他將一切完美地組裝起來。

（憑妳有勇無謀的個性，想必一定會正面對抗我，然後大概也會劈頭就想偷走打火機。這是人身處黑暗中，通常第一個會想到的事情。）

巴隆定睛凝視握著打火機奔跑的席薇亞。

（——然後，妳會照著躍入眼簾的地圖走。）

她的能力絕對不差。感覺還受過能夠將瞬間看到的東西記下來的訓練。

只不過很可惜，她做事欠缺深思熟慮。

（地圖上畫了往下到五樓的階梯。只要在擺放「滅火器」的轉角右轉，再經過「茶水間」，就會抵達逃生梯……）

巴隆握緊拳頭。

（但是，那個逃生梯正是我所設下的陷阱……！）

只要踏入一步，就會被事先布下的鋼琴線割傷，並且因為無法抵抗想要下樓的慣性和重力，身體因此支離破碎。

接下來，巴隆只要給少女們致命一擊就好。

敵人雖然常會將焦點擺在巴隆的格鬥技術和聽力上，但其實巴隆真正的武器是這顆聰明的腦袋。他能夠確實將目標逼到走投無路，在保有優勢的狀態下使其落入陷阱。

「……哦，等等……」

他口氣凶狠地追趕少女們，卻刻意不追上她們，還演出一副氣喘吁吁的模樣。「我怎麼可能等你啊！」席薇亞這麼回應。

這樣就好，如此心想的巴隆暗自竊喜。

儘管為了想要早點看到光線而著急，儘管渴求想要早點逃離黑暗吧。

如果硬要說需要提防誰，大概是那個小鬼而非席薇亞。若是五感敏銳的她，或許就有微乎其微的機率能察覺到鋼琴線陷阱。

但是，在窮途末路的狀態下，她能否發揮那份能力，這一點還有待觀察。

「席薇亞姊姊，快點呢……」

果不其然，依賴打火機的火光奔跑的她，額頭上冒出豆大的汗水。看來，她似乎無法在持續處於高壓的狀態下，做出冷靜的判斷。

黑暗中的廝殺會帶給對手龐大的壓力，連帶思考也會變得狹隘。

巴隆堅信自己將贏得勝利。

（妳們無法逃離這片黑暗……將在我打造的監牢中殞命……）

他滿臉喜色地睜大雙眼。

（妳們哪裡也去不了……！）

再往前幾公尺就是逃生梯。

席薇亞兩人跑過走廊，才剛經過滅火器所在的轉角——

「不，感覺果然不太對。」

席薇亞忽然停下腳步。

令人無法置信的舉動。明明只要再往前一點就能逃離，為什麼停下來了呢？

「……妳說什麼？」話脫口而出。

既然還沒有抵達階梯，她不可能會察覺到陷阱。這好像也不是同伴下達的指示。她同樣也錯愕地對席薇亞「呢？」地發出驚呼。

席薇亞在走廊上脫掉上衣，將點火的打火機扔向衣服。她的上衣瞬間引燃，燒了起來。

「有了這團火焰，應該足夠戰鬥三分鐘吧。這三分鐘用來對付你，可是相當夠用喔。」

在那團火光的照射下，她無畏的笑容浮現。

巴隆瞠目結舌。

（為什麼她要主動留下來？明明火熄滅之後，就又會被黑暗籠罩……）

完全揣測不出她改變心意的理由。

「……妳不怕黑嗎？」

這不是在耍詐，他直率地說出心中的疑問。

「不怕啊，我又不是小孩子。」

席薇亞冷笑著說。

「我只是不喜歡逃跑這種卑鄙的手段……嗯，槍也不需要了。接下來就打肉搏戰吧。」

「！」

席薇亞接連做出出乎巴隆意料的舉動。

她從懷裡取出手槍，扔給同伴，接著連刀子也擺在地上，清脆的聲音在地面響起。

（我不懂……這傢伙為什麼要採取這種不合理的手段……？）

心跳加速。身體瞬間發熱，全身汗水噴發。
盤算逐漸落空。原本確信已在自己掌控之中的對手不僅逃離，還變成無法理解的存在。
（廝殺哪有什麼卑鄙不卑鄙……這傢伙把廝殺當成運動了嗎？）
巴隆沒道理要陪她打肉搏戰。他身上有手槍，只要開槍殺了她就好。先前他之所以沒有那麼做，只是因為他沒有在黑暗中狙擊的技術罷了。
就在他把手伸向夾克時，席薇亞已然拉近距離。
「你——！」
席薇亞毫不猶豫就朝這邊揮拳。
「一直一副很難受的樣子耶。感覺一點都不從容！」
她的語氣中，帶著簡直像是很享受格鬥的氣勢。她這個人果然超出巴隆的常識範圍。她以敏捷的動作，連續使出拳頭和下段踢的組合技。
巴隆一邊閃避攻擊，一邊呻吟。
「什麼從容的……我才不需要……」
浮現在他腦海中的，是那個男人的暴力。
那個男人在聖誕節一家團聚的時刻，帶著手下現身。巴隆的家人被莫名其妙綑綁起來，遭受殘酷的暴力對待，而巴隆只能眼睜睜看著家人痛苦哀號的模樣。

「……妳有聽過親生兒子的尖叫聲嗎？……妳有聽過自己妻子乞求饒命的聲音嗎？那種劇痛，那種眼睜睜看著家人承受足以將腦袋燒焦的『劇痛』的痛楚，妳哪裡會懂……」

在經歷十小時的暴力，精神徹底萎靡之際，男人低聲說道。

——【成為我的「工蟻」，不斷殺死間諜吧】。

只能順從。身體擅自動了起來。巴隆已成為那個男人手中殺人不眨眼的傀儡。他運用曾是拳擊手的經驗，學會了暗殺術。

「……殺了妳…………我要殺死妳，拯救家人……」

近身搏鬥反而正合他意。

他擺脫席薇亞的攻擊之後，利用體型差距，像是要將她蓋住似的撲向她。雙方互相揪住對方的肩膀，猛力推擠。

論力氣，巴隆不可能會輸。席薇亞的臂力以女人來說雖然也是大得不尋常，但終究還是敵不過巴隆。巴隆不斷推著她，打算將她逼到牆邊，勒住她的脖子。

「家人啊……」

可是，縱使身處這種狀況，席薇亞的臉上依舊帶著笑意。

「我懂啊。我以前也很想拯救家人，拯救我的弟弟妹妹。」

「既然如此……妳為什麼要笑……？」

「我其實心裡很懊悔喔。即使心急如焚地拚命往前衝，卻還是屢屢失敗。不管再怎麼動我這顆不夠聰明的腦袋，還是什麼也看不見。我徹底絕望，不敢相信會有什麼未來。」

她的雙眼凜然發光。

「但是啊，有個人說我『好極了』。」

「……！」

「我的心，因為那句話產生了從容——現在的我，可是超級樂天派哩。」

巴隆無法理解這番話。

他被給予的，向來只有來歷不明的男人所下達的指令。

——【殺光他們】【要是輸了就自行了斷】【如果想救家人，就照我的意思做】。

三年來，巴隆一再地殺人。

他磨練間諜技術，學會如何竊取敵人的情報，也懂得在近身搏鬥時要以何種角度扭斷對方的脖子，更練就只靠聲音在黑暗中自由行動的技術。儘管如此，電話還是每個月都會響起一次。而他隔著話筒聽見的，是妻兒的淒厲悲鳴。

「……既然這樣，妳就帶著妳那天真爛漫的想法，在這片黑暗中死去吧。」

「不對，我什麼地方都能去。」

像是否定她的戲言一般，巴隆將席薇亞逼到牆邊。

「……一切都結束了。」

然後把手伸向她纖細的頸子。

下一刻，他在視野中看見晃動的金髮。

他反射性地放開席薇亞。隨後，在一陣劃破空氣的轟隆聲中，子彈擦過他的臉。巨大子彈通過時產生的氣流，大到足以讓他的臉發熱。

通過的子彈深深陷入牆壁。

（麥格農子彈……？居然使用這麼大把的槍……）

巴隆望向金髮少女。

大概是承受不了射擊的衝擊力吧，少女踉蹌地滾向後方。因為那把槍對身形嬌小的她來說，實在太大了。她悲慘地在地上滾啊滾，最後後腦勺用力撞上牆壁。

「呢！」金髮少女呻吟，之後喃喃說了句「不幸……」便失去意識。

看來根本不必把她當一回事。

自始至終都讓人感到莫名其妙的少女。但是無所謂，只要殺了她就好。
巴隆再次面向席薇亞。
「……好了，準備受死——」
話還沒說完，槍聲便響起。
「什麼……？」
腿頓時沒了力氣，巴隆癱倒在地。
接著造訪他的，是膝蓋的疼痛。
——中槍了。
他茫然地抬頭。
在他眼前的，是手持巴隆的自動手槍的席薇亞。
「手槍……？」
應該是被偷走了吧，就在他瞬間為了金髮少女分神時。
但是，巴隆不明白。席薇亞應該希望打肉搏戰才對，為何現在會用槍呢？
「妳、妳不是討厭卑鄙的手段嗎……？」
「啊？間諜之間的廝殺哪有什麼卑鄙不卑鄙的。那是用來讓你鬆懈的謊言啦。」
她一派乾脆地說。

那句話本身並沒有錯。可是，她所說的話和實際行動實在相差太遠了。

「既然如此……！妳為什麼不從逃生梯逃走？」

席薇亞停下了腳步。她停止逃離黑暗，選擇光明磊落地作戰。

既然她不惜採取卑鄙的手段，那麼大可一開始就從逃生梯逃走。她的行動簡直亂七八糟，毫無章法。

「……好奇怪。看過地圖的妳，應該能夠從六樓逃出去才對。妳為什麼要猶豫？」

席薇亞一臉恍然大悟地咧嘴笑道。

「原來如此，這麼一來你的盤算就落空了是嗎？樓梯上有陷阱對不對？」

「……！」

「你果然不夠從容耶，居然會忽略這麼簡單的答案。」

「忽略……？」

巴隆一直都在觀察席薇亞。為了構思暗殺計畫，巴隆暗中觀察她當新聞記者的樣子。莫非他在那之中遺漏了什麼？

他將至今所見所聞的一切，在腦中重複播放。

『昨天公開的部門會議的議事錄，和你今天早上的發言會不會很矛盾啊？』

『啥？妳、妳不要胡說八道！』

『來，想吃什麼，儘管從這份菜單上面點。』

『真的？太好了。那麼，我要這份菜單從左邊上方數來的三道料理。』

巴隆總算察覺真相，不由得倒吸一口氣。

太離譜了。少女竟泰然自若地說出超乎常識的話。

「妳該不會……」

「哎呀，我在來這裡的船上，可是有拚命學習穆札亞合眾國的語言喔。但是時間實在是不夠，光是學會講就已經是極限了。這裡的語言真難學啊。」

席薇亞吐出舌頭。

「所以我——其實看不懂字啦。」

終於明白了。她之所以放棄逃離——單純只是因為看不懂地圖。她看不懂「滅火器」、「茶水間」、「逃生梯」這些單字，就只是一味地亂跑，也根本就不知道逃生梯在哪裡。

誰能料到呢。

少女身為間諜，居然連自己潛入的這個國家的語言都不會！

實在太散漫了。但是，巴隆卻忽略了這一點，還被敵人打亂步調。面對接連的意外，巴隆只能被動地做出應對。

（……我輸了啊。）

從膝蓋流出的鮮血遲遲不止，因為大動脈被打穿了。他急忙堵住傷口，然而腦中卻浮現男人的指令和劇痛的記憶。

——【要是輸了就自行了斷】。

身體不肯動作。受過管教的大腦不做出止血的指示，就這樣放任自己死去。

可是，自己要是死了，妻兒也會遭到殺害。那個殘暴的男人不可能會好心放他們生路。

（好想活下去……不想要死……想要再次全家團聚……）

找尋希望。在黑暗中尋求光明。

大量的失血讓意識逐漸淡去。失血而死的未來迫在眼前。

（說話聲響起……啊啊，是什麼呢？這是誰告訴過我的……？）

——英雄會現身。一定會在絕望的深淵，將你拯救出來。

——在那之前，你不可以死。

連那是誰說過的話也想不起來了。只記得是用和殘暴男人完全相反，非常溫暖的語氣這麼告訴自己。可是，那恐怕是謊言吧。才不會有人抓住我伸出的手。

這片土地上，沒有英雄。

◇◇◇

席薇亞注視著口吐囈語、喪失意識的巴隆。

（這傢伙是怎麼搞的……也不試著堵住自己的傷口……）

她並不打算殺死對方，因為有必要從他口中探聽幕後黑手的情報。可是對方卻任由鮮血直流，昏了過去。這樣下去，巴隆會沒命的。

當然，席薇亞沒有義務救他，但是——

「啊啊，可惡！」席薇亞大吼，急忙替他進行急救。

子彈貫穿了身體。儘管流了不少血，但是或許能夠勉強保住性命。

她用力綁住出血的膝蓋，讓血止住。再來只要離開大樓，叫救護車就好。

能否保命，端視巴隆的生命力有多強韌。

從他的言行來看，他很顯然是受到某人的操控。巴隆不應該死。

席薇亞把後腦勺腫起來昏睡的愛爾娜叫醒，悄悄地離開六樓。通往五樓的逃生梯果然被設下了陷阱，於是她將其解除。

「呢！」

「雖然心裡一點都不痛快，不過贏了就是贏了。」

席薇亞邊走邊寫報告書，然後綁在愛爾娜隨身攜帶的老鼠身上。那是莎拉的寵物，會幫忙將報告書送去給情報組。

兩人一起來到地上。見到大樓的光線，她們同時深呼吸，大口吸進氧氣。覺得做出一模一樣的動作實在滑稽，兩人不約而同地笑出來。

「我們真是一對好搭檔耶。」

「有席薇亞姊姊在，就如同得到百人之力般令人放心呢。」

兩人彼此稱讚對方的努力，輕輕碰拳。

席薇亞表情靦腆地撓撓臉頰。

「姊姊啊……」

席薇亞至今還沒有告訴同伴關於家人的事。也就是父親曾是幫派首領，而自己將父親交給警察後，和弟妹一起逃進孤兒院的事情。還有——

她微微搖頭。

「沒問題！儘管交給我這個姊姊吧！」

回想過去的往事，席薇亞快活地展露笑容。

在住商混合大樓上演的激戰，最後是由「席薇亞、愛爾娜」組獲勝。

可是，下一刻她們遭遇到的卻是——

◇◇◇

有兩隻動物造訪了緹雅兩人的房間窗戶。

老鼠和鴿子，兩者都是莎拉的寵物。牠們是「燈火」的主要通訊手段。由於無線電和電話有遭人竊聽的危險，因此除非事態緊急，否則她們都是利用動物來交接情報。

牠們會造訪，就表示莫妮卡和席薇亞都脫離險境了。

緹雅鬆了一口氣，將動物們迎進室內。葛蕾特立刻展開綁在動物身上的信紙，將內容唸給緹雅聽。

地下賭場的飛鏢對決，以及大樓內的黑暗決戰。

面對來歷不明的敵人，少女們贏得了勝利。

「——事情就是這樣。」葛蕾特朗讀完畢。

緹雅不由得發出嘆息。

「好厲害。她們真的打倒敵人了……！」

在不知道對手真面目為何的異國，少女們憑著自己的力量打倒了敵人。同伴的成長速度令人折服。

「……跟我料想的一樣。」

葛蕾特神情沉穩地點頭。

「因為莫妮卡小姐和席薇亞小姐的身體能力非常強……若再加上莎拉小姐、愛爾娜小姐的支援，想必任何障礙大致都有辦法克服……」

「就、就是啊，她們真了不起。」

「是的，她們的表現一如我的期待。」

「…………」

令緹雅感到驚訝的，不只是執行組和特殊組的活躍表現。

還有到此為止的事情發展，葛蕾特全都預料到了。

少女們該如何配置，主要都是她在思考安排。

一如預料中的遭刺客襲擊，然後在特殊組的協助下度過難關，成功反制敵人。她的指揮考慮到了她們的活動場所和搭檔的契合度，堪稱完美。
（我原本以為，「燈火」裡就只有莫妮卡的實力特別突出……）
緹雅發現自己錯了。還有一人也擁有超群的能力。
初識時的她，技術應該沒有那麼好才對。儘管有智謀，但是欠缺體力，還有著男性恐懼症這項弱點，程度差到被說是培育學校的吊車尾學生也無可辯駁。
恐怕是經歷過巨大的變革吧。
——足以顛覆她整個人生的強烈邂逅。
就連緹雅愕然失語的期間，葛蕾特依舊冷靜。
「只不過，我有點擔心百合小姐，我看還是馬上派其他成員過去好了……現在情報依舊不足，必須做好發生意外狀況的心理準備才行。」
「妳、妳說得對，我馬上打無線電。」
「……如果聯絡得上，也麻煩妳打給老大。」
緹雅走向設置在房間一隅的無線電機。
一方面為同伴的平安無恙感到安心，但同時她內心的情緒也十分複雜。
（我真是沒用到讓人忍不住發笑……）
同伴正在賣命，自己卻只是待在安全的公寓裡聽從葛蕾特的指示。

實在太難看了。緹雅抿緊雙唇，操作無線電機。

（但是現在就做我該做的事情吧。我要在背後好好支援葛蕾特，不要對她造成妨礙。）

這是自己剩下的唯一一條路。

——沒有長進的人就只有這個功能。

當緹雅觸碰到無線電機時，擺在客廳中央的電話響了。

「電話……？」

她停下手。

「會是誰打來的呢？莫非有非常緊急的狀況？」

葛蕾特也感到不可思議。

說不定有新的情報。緹雅停下伸向無線電機的手，接起話筒。

『是本小姐！…』

開朗的說話聲傳來。

是安妮特。她應該正和百合在一起。

「怎、怎麼了……？」

『簡單來說，就是本小姐和「花園」大姊遭到警方追逐，不得不四處逃竄。雖然遇上了一點小麻煩，不過還是順利甩掉對方了！』

「這樣啊，那真是太好了。」

看樣子，她們也克服了困難。既然事情不嚴重只是小麻煩的程度，而且也順利逃脫，那真是太好了。她們大概也發揮了良好的合作默契吧。

可是如果是這樣，為什麼要打電話來呢——

開朗到令人毛骨悚然的說話聲，傳到緹雅耳裡。

『結果接下來——出現了十二名刺客！』

「十二名……！」

緹雅和在旁邊聽的葛蕾特都大驚失色。

根據報告，敵人擁有兩名少女方能勉強擊退一人的堅強實力。想要獲勝，必須好幾度跨越生死關頭。而如今那樣的敵人有十二名——這根本是單方面的虐殺。

『本小姐兩人要應付他們到什麼時候呢？』

「等、等一下，妳現在沒事吧？百合人在哪裡？」

緹雅忍不住叫了本名。

安妮特馬上就回答了。

『大姊讓本小姐逃走，自己正在爭取時間。』
「那孩子……」
『但是，再這樣下去必死無疑。』
百合現在正獨自作戰。
她把情報託付給安妮特，自己一人抱著必死決心爭取時間——
「我、我馬上派同伴過去！在那之前，妳們一定要活下來！」
『不，大姊想要傳達的是……』
安妮特說道。
『——其他大姊身上很可能也正發生同樣的危機。』
無線電機響起。
是緊急救援訊號。即使冒著通訊會遭第三方竊聽的風險也要求助的通訊。
兩個指示燈亮起，分別是白色和藍銀色。
「……緹雅小姐。」葛蕾特低語。「是席薇亞小姐和莫妮卡小姐發出的求救訊號……」
一向冷靜如她，此刻同樣臉色發青。
緹雅終於明白，自己和同伴惹到了不該惹的敵人。
對方究竟是誰？犧牲整個生活進行鍛鍊，執行上頭下達的指示，要是輸了就試圖自殺，再由其他同伴以人海戰術擊倒敵人。那是唯有拋棄自我才能達到的境界。

簡直就是士兵——不對，比那更誇張——是螞蟻——是為國王做牛做馬，甚至不惜犧牲生命的螞蟻。

這就是「紫蟻」的力量嗎？

假使三個地方都出現多達十二名刺客，那麼敵人至少就有三十六人以上。實在太多了。若真如此，這麼令人絕望的人數，光憑「燈火」根本無力抗衡。

——對方究竟有多少人？

面對迫在眉睫的危機，緹雅動腦思索。必須立刻做出推斷才行。

——三十人？——四十人？——還是設想最壞的情況，五十人？

「兩百八十七人——這就是米塔里歐內的『工蟻』數量。」

紫蟻說道。儘管數量會頻繁增減，但是大致都維持在這個數目。

若是將分散全世界的「工蟻」也算進去，則總數超過四百人。

「四散米塔里歐各處的他們，只要發現間諜就會殺了對方。倘若失敗，接下來就會有十二人前去索命。我是這麼命令他們的。」

他把花生排在喚作愛犬的男人背上，然後用手指剝開，取出裡面的花生仁。整齊地排滿兩百八十七顆後，紫蟻深深地點頭。

由於「她」什麼都不說，紫蟻決定主動說明一切。

解說自己壓倒性的力量，完全不擔心會洩漏情報。因為「她」接下來的命運已經注定好了。

「不管什麼樣的間諜都能戰勝。即使被抓，我也命令大部分『工蟻』一旦失敗，就要即刻自殺。妳們雖然也很善戰，但是只在部分地區獲得勝利毫無意義。真是可惜。」

這時，「她」對紫蟻投以狐疑的目光。

間章　紫蟻③

the room is a specialized institution of mission impossible
code name yumegatari

眼神中充滿了疑惑。

「我懂妳的疑問。」

紫蟻看穿了她的心思。

「『工蟻』這麼多，只要他們聯手反叛，應該可以殺死我——妳是這麼想的對吧？」

「她」肯定了他的話。

會有這樣的疑問十分合理。比方說，假如有十二人為了殺死紫蟻團結起來，紫蟻的性命應該會岌岌可危。

「是啊，沒有錯。說實話，這裡的酒保還有這隻愛犬，他們要殺死我可以說易如反掌，因為我本身並不擅長格鬥。真糟糕，要是他們現在背叛我，我肯定一下子就沒命了。」

他們擁有在「工蟻」之中頂尖的實力。

如果他們想要殺死紫蟻，大概不消幾秒鐘就能完事。應該可以輕輕鬆鬆徒手折斷頸骨，然後從此恢復自由之身。

可是，他們卻絕對無法那麼做。

「真是愚蠢，請妳不要小看我的力量了。」

紫蟻狠狠踹了喚作愛犬的男人的腹部。

「——【勒自己的脖子】。」

紫蟻的命令一出，愛犬便開始用雙手勒住自己的脖子。手指陷入頸項，沒一會兒口中便發出聽似痛苦的喘息聲，然而他卻不住手。

紫蟻滿心愉悅地看著開始自殺的男人。

「總之就是這麼回事。他們的腦中，已經被烙下『無法反抗我』的印記。所以他們不會掀起革命，到死為止，都只能過著聽令於我的無為人生。」

在他暈厥前一刻，紫蟻以一句「──【住手】」制止了他，然後無情踐踏渾身無力的愛犬。

「所以，不管是誰都贏不了我。」

紫蟻對震驚無言的「她」說。

「ＣＩＭ的『雷提亞斯』也全滅了。他們五人雖然好像一共殺死了大約十四名『工蟻』，不過也頂多只能做到那樣。『阿卡札姊妹』很聰明，在殺死七名之後就逃走了。不過嘛，其中的姊姊最後還是斷氣了。『影種』在殺死九名之後自殺。ＪＪＪ雖然也盯上了我們，不過我把『麒麟』和『靈龜』的遺體送過去之後，他們就安分下來了。『櫻華』很厲害喔，一個人就殺了十七名。看到他的遺體時我嚇了一大跳，沒想到他居然是個十多歲的少年。」

得意洋洋地暢談戰果。

白蜘蛛曾用「各國的頂尖人物」來形容他們，然而在紫蟻面前，他們卻是不堪一擊，因為會有人不惜犧牲生命，無止盡地前來索命。倘若企圖拘捕刺客，他們便會不假思索地試圖自殺，然後又會有新的刺客到來。

紫蟻所擁有的戰力已堪稱堅若磐石。

無論是臥底的間諜，還是保護這塊土地的祕密警察都能蹂躪，而他自己連動也不用動。

「對了，我要補充一點，被殺死的『工蟻』已經開始填補空缺了。很簡單喔，只要把感覺有潛質的市民抓起來凌虐一番就好。」

無可動搖的力量。

在米塔里歐這個地方，無人能夠凌駕紫蟻之上。

「……你……」

沙啞的說話聲傳來。

「她」終於開口了。女性用凌厲的目光瞪著紫蟻。

「你到底要讓多少人變得不幸才——」

「不准頂撞王者。」

猛力一踢。

無情地踹了女性的臉之後，紫蟻赫然回神。

「啊啊，對不起。善待女性明明是我的信條，我卻不小心使用了暴力……」

紫蟻一度摘下帽子，微笑致歉。

然後，他「還是紳士一點吧」地對自己說。

紫蟻對自己是女權主義者這一點深信不疑。因為他會在毆打女性之後，比常人更加深切地反省自己。多麼慈悲為懷又謙虛的王者啊。

自己究竟為何會對女性使用暴力呢？

其中一個原因，是因為愛犬很礙眼。紫蟻狠踹他的腹部作為懲罰。

另一個原因，則是等待的人一直沒有現身。他看了看手錶，發現已過了好長一段時間。

「哎呀，克勞斯一直都不出現耶。就算只是傳來他殺死一名『工蟻』的消息也好啊。」

連發現他蹤跡的報告也沒有。

紫蟻知道他很重視同伴，才會以為只要像這樣抓住迪恩共和國的間諜，就遲早能夠引誘他現身。

他在哪裡？難道他拋棄同伴了嗎？

開始感到厭煩了。

「——算了，殺死人質好了。」

紫蟻拿出自動手槍，用子彈射穿「她」的腹部。

槍聲響起。

鮮血在酒吧裡四濺，鐵鏽味開始充斥整個房間。

「好了，在妳失血過多而死之前，大概還有五分鐘吧？」

紫蟻說道。

「請妳務必說出遺言。噢，對了，在那之前，還有一個懸案要解決。」

拭去濺在臉上的血滴，紫蟻問道。

「妳差不多該告訴我了吧——接下來即將死去的妳叫什麼名字。」

4章　困境

危機幾乎是在同一時間造訪三處。

深夜十一點。

主要街道上，廣告和大樓的燈光依舊閃爍，然而後巷卻是逐漸杳無人跡。米塔里歐雖然是世界最大的都市，但治安的敗壞程度卻也是世界頂尖。善良的市民不會在夜晚接近小巷。

會聚集在那裡的，只有喜愛黑暗的居民。

少女們在巷弄內奔馳——

——車站西北方的窄巷內。

在地下賭場贏得勝利的莫妮卡和莎拉突然遇襲。她們在回到主要街道的途中遭到狙擊，子彈所幸只有擦過莫妮卡的腿，但是兩人仍被迫逃跑。

勝利的餘韻早已煙消雲散，少女們再度陷入戰局。

兩人同時逃往主要道路的反方向。

然而在沿著巷弄奔跑的途中，她們發現狙擊手的數量漸漸增加了。莫妮卡擲出鏡子確認狀況。最終人數為十二名，他們沿著大樓的屋頂和巷子的外牆追蹤兩人。

注意到時，兩人已被趕入他們的獵場。

被誘導至無路可逃的河邊。

即使是莫妮卡這樣的能手，也尚未掌握住米塔里歐的每條小巷的各個角落，於是敗給了想必在此地生活許久的對手。

兩人好不容易找到一棟建築逃了進去，調整呼吸。那是一間已經打烊、空無一人的裁縫店，她們藏身在櫃檯後方。

「原來如此，看來狀況有些棘手呢。」

莫妮卡如此說道的笑容中帶著焦慮。

對手正滴水不漏地搜查周邊的建築物。潛伏地點曝光只是時間早晚的問題。

（米蘭達只是打頭陣的先鋒啊……）

看樣子，對手的力量超乎預期。

「那、那個……！」莎拉泫然欲泣地說。「如果只有莫妮卡前輩一人，妳應該逃得掉吧……？都是因為要一邊保護小妹，妳才會……！」

「是嗎?在下倒覺得沒那回事。」

「與、與其兩人都犧牲,莫妮卡前輩還不如自己先逃……」

「…………………………」

經過漫長的沉默,莫妮卡泛起自嘲似的笑意。

「要是在下那麼做,那個人會很傷心的。」

「咦……?」

「老實說,在下也不是很懂。不過,拋下妳並不在在下的選項之內。」

莫妮卡拍拍莎拉的肩膀後,窺視建築外面。狙擊手似乎正慢慢朝這邊聚集。

眼前的狀況,看來至少是無法獨力突破了。

——威斯波特大樓西南方的廢棄大樓內。

從與巴隆的激戰中存活下來的席薇亞和愛爾娜,為了治療傷勢而來到後巷。她們的傷勢雖不嚴重,還是受了不少撞傷和擦傷。

克勞斯早已幫忙找好了醫生。那是只要肯付大筆金錢,即使是黑社會人士也願意治療的密醫。而且聽說如果有必要,連子彈和手榴彈都能幫忙籌備。無論是哪座都市,大致都存在著這種只要有錢拿，就什麼事都願意做的人。

那位醫生據說身在等同廢墟的八層樓住商混合大樓內。

但是，兩人在位於五樓的地下診所見到的，卻是密醫的遺體。那人全身都被刀子砍傷。

「有動靜呢……」

率先有所察覺的是愛爾娜。席薇亞抓起她的領口，跑了出去。她們雖然立刻試圖逃離大樓，但是樓下已經聚集了大批的人。那十人一發現席薇亞二人，便安心似的笑了。那些人之中男女老少都有，唯一的共通點就是眼中蘊藏著焦躁神色。

——和巴隆一樣，他們全都被威脅要聽從幕後黑手的指示。

「！」

席薇亞咂舌一聲，往大樓上面的樓層跑去。上面雖然無路可逃，但也無計可施了。周圍恐怕連可以跳過去的大樓也沒有。

也就是說，這棟八層樓高的大樓與刑場無異。

愛爾娜發出「呢……」的不安語氣。

「放心吧。」席薇亞牽著她的手，一面安撫。「我啊，絕對不會讓喊我『姊姊』的人死掉的。」

她信誓日日地這麼說，可是，那不過是在逞強罷了。

先前光是對付巴隆一人便已陷入苦戰。假使一次來十個實力相同的人，那麼就算再怎麼拚命，勝率還是等同於零。

儘管覺得不甘心，心中還是只有一個願望。

希望克勞斯能夠出現。能夠打破這個困境的就只有他。

如今兩人所能做的，就只有爭取時間而已。

◇◇◇

──在同伴們陷入困境前不久。威斯波特大樓旁的巷子內。

「…………」

「…………」

百合和安妮特在大樓屋頂上，以匍匐姿勢觀察著地上的情況。警察們正四處奔波，找尋逃犯。他們好像請求了支援，只見五輛警車聚集於此，對這一帶進行地毯式的搜索。警察們單手拿著無線電機互相聯絡，在大樓間東奔西跑。

安妮特像是想起什麼似的，把手伸進自己的裙子底下翻找。她取出一台大型機械，然後拉長天線、戴上耳機。

百合也將耳機嵌入耳裡。

這好像是一台用來竊聽無線電的機器。警官們的怒吼聲傳入耳中。

『可惡，居然讓殺人犯給逃了！』『這大概是有組織的犯罪吧。對方設下了好幾枚用來擾亂的炸彈。』『犯人的目標果然是經濟會議……』『對方或許是國際性的恐怖分子。立刻下令讓小百合·赫本的護照失效。我們要動員米塔里歐所有警力，將其逮捕歸案！』

充滿魄力的語氣。

安妮特摘下耳機，面露微笑。

「本小姐兩人似乎暫時擺脫他們了呢！」

「可是我的罪狀卻增加了！」

百合抱頭哀號。

差點在漢堡店被逮捕至今已經一個小時。百合在被迫坐上警車前一刻，在安妮特的營救下展開逃亡。她們在城市各處引發爆炸，混入騷動不安的群眾之中，來到了這棟大樓。

「咦？我被通緝了？這樣任務結束後，我有辦法出國嗎？」

「本小姐認為總比被逮捕來得好！」

「被逮捕才是要好上一百倍吧？」

但是，百合確實逃離了當前的危機。

對於救了自己的安妮特本人做出「遇上了一點小麻煩呢」的樂天發言，百合雖然很想吐槽，但不管怎樣還是應該感謝她。

「這應該是敵人的陰謀吧。」

百合重重地嘆息。

「警方之中一定有敵人的同夥，而且權力大到可以捏造冤罪。對方肯定是看穿了我的可疑行動，於是設計陷害我。」

「要殺了那傢伙嗎？」

「不不不，畢竟我們連對方是誰都不曉得。」

「不然，把所有警察都幹掉？」

「呵，安妮特，居然讓我成為吐槽的一方，妳可真有一套啊。」

無論如何，就這樣繼續躲避警方的搜查、請求情報組的指示，應該是最好的辦法。只要沒有切身的危險，那麼只要靜靜等待就好。

百合決定換掉醒目的服務生裝扮，換上安妮特帶來，方便行動的任務服。果然非得穿上這套服裝，心情才會振奮起來。

所幸這裡是大樓的屋頂，周圍沒有半個人影。

但是就在她準備脫掉裙子時，安妮特突然撲了過來。

「大姊，有人在看！」

百合的臉頓時發燙。

「是、是偷窺嗎？」

「對方是用望遠鏡在看！」

「偷窺得真徹底啊！」

「而且還舉起了步槍。」

「那根本不是偷窺嘛！」

子彈從趴著的兩人頭頂上方飛過。混凝土遭到擊碎。

從彈痕推測狙擊手潛伏的地點。看來，對方是從威斯波特大樓的一室狙擊百合兩人。百合以伏臥的姿勢換好衣服，確認狀況。

（狙擊手是從威斯波特大樓的三十九樓……這一帶最高，也是能夠瞄準任何地方的位置開槍。）

百合兩人雖然躲在大樓屋頂的邊緣，但只要邁出一步就會被瞄準。對方大概是裝了滅音器吧，槍聲非常微弱，地上的警察們好像也沒有注意到狙擊手的存在。

對方似乎不是警察，卻和警方彼此合作。也許雙方都是幕後黑手的手下。

百合把手伸向安妮特的無線竊聽器。有別的說話聲混在警官的無線電中傳來。

『我們走……敵人似乎就在那棟大樓裡。』『……就是啊。』『我討厭疼痛。』『沒錯，殺了她們吧。』『取她們的小命。』『因為要是不殺死她們，懲罰就會降臨……』

對手好像不只一人。語帶悲愴的說話聲層層交疊。

光是傳入耳裡的就有十人以上。而且此刻還身處被狙擊手盯上，動彈不得的狀況。

這無疑是人生至今，最危急、最走投無路的時刻。

「………………………………………」

恐懼。

這場危機很顯然光憑自己是無法克服的。會被殺害，死去，喪命。這樣下去，恐怕將一籌莫展地魂歸西天。

對方不是培育學校的吊車尾學生有辦法對抗的敵人。如今已是窮途末路。

百合拍打自己的雙頰，喚醒自己怯懦的心。

——不可以放棄。我一定能夠推翻不可能。

她閉上雙眼，腦海中浮現的是克勞斯的話。

成為領導人吧，他這麼對百合說。

百合早就察覺那只是用來激勵自己的權宜之計。若非如此，他怎麼可能讓冒失又缺乏間諜技術的自己當領導人呢。從客觀的角度來看，應該有其他更適任的人選才對。

可是，那個謊言卻讓百合能夠在此時此刻昂首挺胸。

「安妮特。」

「是！」

「如果是我多心了，那我向妳道歉，不過，妳其實超強的對吧？」

「…………」

安妮特微微睜大雙眼。

她很少會做出那樣的反應。

「本小姐——」她開口。「想要知道大姊為何會這麼想。」

「這點小事我當然看得出來啦。」

百合泛起微笑。

「別看我這個樣子，我好歹也是個領導人，當然察覺得出來誰其實超級優秀了。」

「…………」

「我來當誘餌，妳逃離這裡，並且馬上告訴情報組現在的狀況。我想，其他同伴一定也正陷入危機。」

如果是安妮特，她一定能夠突破包圍網，抵達附近的公用電話亭。

然後將眼前的狀況傳達給情報組。

如此一來，同伴的生存率就會上升。情報組會擬出對策，和克勞斯攜手合作。除此之外，沒有別的辦法能夠打破現狀了。

「大姊，我想妳應該知道——」

安妮特的臉上已經沒了笑容，面無表情地像戴了一副面具。

「這麼做，妳會死喔？」

「我不會死的啦。毒氣、毒泡泡、毒煙幕——我百合可是爭取時間的專家。」

「太弱了。大姊的招數有擊敗過克勞斯大哥嗎？」

好尖銳的質問。

在與一流高手作戰時，百合的毒幾乎沒有發揮過作用，頂多只能用毒泡泡製造路障，擋住白蜘蛛的去路。儘管她擁有毒藥對自己起不了作用的強大特異體質，卻很難說有真正發揮那份能力。

百合勾起安妮特的小指。

「那麼回國之後，妳再幫我製作足以打倒老師的超強大武器吧。」

「…………」

「我很期待安妮特妳特製的間諜道具喔。」

「……………………」

這一次，安妮特瞪大了雙眼。

百合不懂她現在心裡在想什麼，更從來都不曾理解過她的想法。儘管如此，百合還是定睛注視著她的雙眸。

不久，安妮特也用力勾住百合的小指。

臉上同時恢復一如往常天真無邪的笑容。

「知道了！本小姐的工藝和大姊的毒結合起來，肯定超猛的！」

「是啊，我們一定能夠輕鬆打倒老師。」

兩人同時鬆開小指。

百合一舉起手槍，便開始往別處移動。繼續待在原處只會成為狙擊手的槍下亡魂。她必須僅憑著直覺閃避，移動到室內避難才行。

百合正身處絕境。

面對性命危在旦夕的她，安妮特則是帶著可愛的微笑，說：「那本小姐走嘍。」

「本小姐要對百合大姊見死不救！」

殘酷無情的決定。

但是，那才是最好的選擇。

在百合吸引狙擊手的注意時，安妮特開始移動。她應該會跳向隔壁大樓，脫離包圍網。

在完成逃離行動之前，百合必須引開敵人的注意。

持續欺瞞吧！在安妮特抵達公用電話亭，向情報組報告之前！

勉強避開第一發狙擊的同時，百合用力咬緊嘴唇。

——以「燈火」的領導人身分，賭上性命的時候到了。

作為間諜的真正價值，在孤立無援的困境中受到考驗。

◇◇◇

請求救援的訊號響個不停。

同時發生於三處的，同伴的危機。單憑她們自己無以為力的緊急事態。

事態的詳情，情報組已經由百合的自我犧牲知曉了。

——接下來，必須想出顛覆這個迫切局面的計策不可。

可是，緹雅儘管理解狀況，卻什麼也做不了。她只是一直緊握話筒，茫然地愣在原地。

（敵人……究竟是什麼人……！）

緹雅抱頭苦思，呼吸紊亂。

幕後黑手是「紫蟻」嗎？若真如此，碰上這樣的對手也太不走運了。對方不分青紅皂白地殺死經濟會議上任何行動可疑的人物。不玩討價還價和策略那一套，而是憑著物量蹂躪一切。作為間諜殺手，沒有比這種人更棘手的了。

「……該怎麼辦……？」

負責發號施令的人是緹雅。然而明知自己必須做些什麼，腦袋卻一團混亂，思緒停滯。眼淚幾乎要奪眶而出。就連此時此刻，同伴的生命也可能正在消逝。那幅景象一浮現腦海，就什麼也無法思考了。

而在房間的一端，葛蕾特衝進寢室。

「葛蕾特？」

緹雅急忙追了上去。

她褪去自己的衣服，換上男用的西裝。

「我來變裝成老大……」

語氣十分冷靜。

「既然對手是帝國的人，那麼應該會知道老大的相貌……只要我有所行動，就能誘使對方心生動搖。在我和莫妮卡小姐的合作之下，說不定能夠打破眼前的危急狀況。」

換句話說，她打算主動投身絕境。

多麼英勇的行為啊。明明她本身幾乎不具戰鬥力。

可是，實力受到克勞斯認可的葛蕾特和莫妮卡聯手，確實有機會脫離危機。若是再加上莎拉，更是有生存的餘地。

「百合和席薇亞那邊怎麼辦？」

「……有老大在。這麼大的騷動，老大不可能沒注意到。他應該會趕過去才對。」

一邊做出冷靜的判斷，葛蕾特一邊完成變裝。模樣和克勞斯一模一樣。見到他的身影，緹雅反射性地感到安心——

「等、等一下！」

可是，心中仍有抹不去的不安。

「這樣不夠啊。」緹雅一面感受內心的痛楚，一面說。

「…………」

「遇到危機的有三處。妳去營救一處，老師去營救一處，那剩下的一處怎麼辦？」

「緹雅小姐……」

葛蕾特表情僵硬，緊握住緹雅的手。

「現在也只能盡我們最大的努力了……」

「——！」

緹雅明白她的意思了。

她很清楚救不了所有人。人手不足，「燈火」不具備能夠同時應對三處危機的力量。在合理的判斷之下，自然而然會得出這樣的現實。

儘管如此，葛蕾特仍下定決心，想要趕赴現場去拯救此刻尚能拯救的生命。

「葛蕾特！」緹雅發出難堪的呼喊聲。「妳為什麼能夠這麼勇敢？」

「勇敢……？」

「拜託妳告訴我，我真的不懂……！我該怎麼做才好？我沒有像妳那樣的智謀，也沒有勇於投身致命危機的強大精神力。像我這種因為一次失敗就氣餒的人，究竟該如何是好？」

希望她能夠引導自己。

希望她能夠像此次任務一直以來的那樣，提出對策。

「我一點都不堅強……」

葛蕾特左右搖頭。

「……我有的只是想要回報老大的心，以及近乎執著的依賴。老大如此珍視我那份以失戀告終的愛情，我只是想向他報恩罷了。」

失戀？這件事情沒聽說過。

可是，不能過問。葛蕾特的聲音中，蘊含著讓人無法隨意觸碰的熱度。

那麼，她對克勞斯究竟懷抱著何種感情呢？那份超越戀愛的情感是什麼？是什麼樣的意念，讓吊車尾的少女晉升成為足智多謀的間諜？

「……緹雅小姐。」

她接著說。

「請重讀報告書，思考什麼是自己能夠盡力去做的。我相信妳……」

就只留下那句話。

葛蕾特轉身跑走，獨留下緹雅一人。警車的警笛聲從公寓外傳來，清晰地迴盪在屋內。

緹雅雙腿一軟，癱坐在地板上。豆大的淚珠順著臉頰滑落，滾燙的水滴落在緹雅手上。

她深深體會到自己是多麼地無力。

（我什麼也辦不到………）

趕赴同伴身邊？但是，趕去了又如何？

自己的力量並不適合戰鬥。

交涉——可是，這份能力是有條件的。必須和對方互望數秒才可以，對真心想取自己性命的敵人根本行不通。就算趕去了也只會礙手礙腳。

——無法營救同伴。

——什麼也不能做，就只能窩在房間裡。

（好差勁的指揮官，好弱的間諜……）

到頭來，連指揮也是倚靠葛蕾特，緹雅只是點頭附和她的判斷罷了。再怎麼無能也該有個限度。葛蕾特一不在，自己就只能抽抽搭搭地哭個不停。

「紅爐小姐……」

她喃喃呼喚崇拜的女性之名。

「我能夠做什麼呢……？為什麼妳會對這樣的我有所期待……？」

七年前僅見過一面的偉大間諜。

那人救了她的命，同時給了她生存的目的。

『妳能夠成為比誰都厲害的間諜。』

『但是，只當普通的間諜是不行的。妳要以成為連敵人也拯救的英雄為目標。』

女性這麼對緹雅說。緹雅好高興，對燦爛的未來充滿期待。夢想著有一天自己也能加入「火焰」，在她身邊發揮所長。

可是，現實卻和理想迥然不同。

──想要加入的「火焰」已經毀滅。

──紅爐遭到同伴背叛，魂歸西天。

──想成為連敵人也拯救的英雄的自己，慘遭敵人利用、嘲笑。

瑪蒂達的嘲笑，逼迫緹雅看清殘酷的現實。

結果，緹雅不僅被逐漸成長的同伴遠拋在後，甚至沒能當個稱職的指揮官，眼見同伴深陷危機卻無法動彈。

「要是消失就好了……」

她用手指緊抓地板，悲嘆道。

「像我這種人，要是消失在這世界上就好了……！」

一次又一次地捶打地板，大聲呼喊。

要是消失就好了！像我這種對敵人掉以輕心，又沒什麼能力，只是因為稍微有些男性經驗就對同伴懷抱優越感，把事情都交給別人去做，而且明明不是領導人卻自以為了不起，團隊中最幼稚、軟弱的女人，根本不應該活著！

緹雅不停地這麼哀嘆。

『大姊！』

話筒中傳來說話聲。

和安妮特的通話似乎還沒有切斷。

『本小姐不希望大姊消失喔。』

「妳……！」

『上個月，妳為了本小姐奔走的事情，讓本小姐很開心！』

安妮特用像在哄孩子似的口吻柔聲細語。

讓人都分不清誰的年紀比較大了。

『本小姐之前的確很驚訝，心想「這位大姊愛管閒事又總是白忙一場，除了是個賤貨外毫無可取之處」。』

「妳這個人說話還挺毒的耶……」

發覺意外的事實。

『但是，本小姐並不討厭妳喔。』

安妮特說道。

『「花園」大姊拜託本小姐傳達一則情報。』

「妳說百合嗎？」

『根據大姊的調查，這個米塔里歐裡似乎流傳著一則傳說。當身處絕望深淵時，英雄將會前來拯救——內容就是這樣。』

「英雄……」

好耳熟的詞——緹雅立刻就想到了。

「莫妮卡傳來的報告書裡，也有提到紫蟻的手下相信有所謂的『英雄』。」

名叫米蘭達的女大生自殺未遂後，留下了這句話。

——不曉得英雄會不會來？

席薇亞的報告書裡也有寫到，名叫巴隆的男人在將要昏厥之際，吐出了「英雄」這樣的囈語。緹雅先前並未特別放在心上，但是既然這個詞出現了兩次以上，那麼應該就不是普通的傳聞了。恐怕是某人刻意散布的吧。

「……怎麼回事？散布這則傳聞的人，莫非和紫蟻有關……？」

『而且，聽說也已經確定那位英雄的外表長什麼樣子了喔。』

外表——每一份報告書中都沒有提及那方面的情報。是百合打聽出來的嗎？

緹雅將話筒抵在耳朵上仔細聆聽，結果安妮特說出意想不到的話來。

『英雄的模樣，是美麗的黑髮少女——據說人們是這麼謠傳的。』

「咦……？」

好具體的描述。因為是英雄，緹雅原以為會是魁梧大漢的形象。究竟是誰基於何種意圖，散布那種傳聞呢？實在令人想不透。

然而更加令人費解的是——

「為什麼會和我的外表一致啊……！」

傳聞的內容簡直就是在描述緹雅本人。黑髮、少女，甚至連美麗這項條件也完全符合。

『接下來是「花園」大姊要本小姐轉達的話。』

安妮特接著說。

『真的好湊巧喔。請順水推舟利用這則傳聞，成為英雄——本小姐說完了，要回去大姊身邊了。』

自顧自地說完後，安妮特逕自掛斷電話。

整件事情讓人一頭霧水。

湊巧的傳聞——真的是這樣嗎？

如此過於巧合的傳聞，真的只是偶然興起的嗎？

「到底是……怎麼一回事……？」

緹雅放下話筒，低聲苦吟。

儘管遇上一堆讓人摸不著頭緒的事，現在的她卻恢復了冷靜。再怎麼悲嘆也無濟於事，必須為了團隊動起來才行。即使自己的力量再微小也一樣。

她凝視著房間的牆壁。

在牆壁另一頭的是克勞斯的房間。他事先已將房間的備用鑰匙交給緹雅。葛蕾特曾好幾次偷偷潛入，結果被克勞斯攆了出來。

此時，有一個男人正被監禁在那個空間裡。

緹雅無力營救同伴。但是，她知道那個男人有辦法拯救同伴。

緹雅倒抽一口氣。

——這是我現在所能做的事。

緹雅依照葛蕾特的指示，讀過一遍報告書後，前往他的房間。

房內一片漆黑，沒有開燈。克勞斯理所當然不在。他大概也正在和敵人展開激戰吧。他肯定正在最前線，和紫蟻的手下交戰。

乾淨整潔、沒有異味的客廳裡，有一個被嚴密上鎖的房間。

緹雅用備用鑰匙解開鎖。

門緩緩開啟後，她見到一名削瘦的男人坐在椅子上。他的雙臂被繞到後方，身上纏著一圈又一圈的鎖鏈，像是連給他動一根手指的機會也不肯。

「我就在想妳差不多該來了。」

羅蘭。緹雅和克勞斯一同捕獲的帝國刺客。

儘管處於全身遭到束縛的狀態，他的雙眼依舊炯炯發光，散發出深不可測的威嚇感。也許是多心了吧，總覺得他給人的壓迫感更強了。經過長時間的監禁，他變得更加衰弱、消瘦，瀕臨死亡，然而他的存在感卻因此更加鮮明。

從他老神在在的口吻，緹雅理解了一切。

（截至目前為止，一切發展都在他的算計之中……！）

他認識紫蟻，想必也很清楚紫蟻的能力和手法。他知道紫蟻擁有掌控整座都市的壓制力，也知道「燈火」的戰力不足以與其對抗。

羅蘭哈哈大笑。

「怎麼了？為什麼不說話？這是我們第四次見面了，不是嗎？妳應該已經不需要那麼害怕了吧。」

用親暱的口吻對緹雅說。

但是，緹雅卻發不出聲音。她二度險些死在他手裡，即使對方遭到束縛，刻在她心中的恐懼依舊消散不去。

必須拚命忍著不讓雙腿發抖。

羅蘭對緹雅投以嘲諷的眼神，用鼻子哼笑一聲。

「原來如此，看來一切都和預定的一樣。妳們正遭到紫蟻的『工蟻』蹂躪——這也是沒辦法的事，畢竟第一次見面就要擊敗他是不可能的。嗯，所以我也可以理解妳的要求。」

「……！」

「──妳希望我幫忙對吧？」

一點都沒錯。

只有他了。儘管實力不如克勞斯，他仍擁有超一流的暗殺技術。要解救所有同伴脫離三處同時發生的危機，就必須借助他的力量。否則再這樣下去，必定會有人喪命。

緹雅握緊拳頭。

──可是，這個人可信嗎？

羅蘭的眼中流露出憐恤之情。

「好吧。」他在臉上掛起溫柔的笑容。「其實我也開始對妳們有感情了，我就幫幫妳們好了。」

「……！」

「妳不必那麼驚訝，我是說真的。所以，妳快點幫我解開束縛。」

緹雅感受到彷彿心臟被直接揪住般的苦楚。

處境窘迫。她得在同伴深陷危機的局面下，面對殘酷的二擇一。

──要放走羅蘭？還是無視他？

身邊沒有可以商量的同伴。克勞斯和葛蕾特都不在，緹雅必須獨自做出抉擇。

羅蘭咂舌。

「怎麼了？妳再這麼磨蹭下去，小心有人會死喔。」

「…………………」

「妳打算用妳的優柔寡斷殺死同伴嗎？」

持續沉默的同時，緹雅決定試著施展自己的特技。

——只要互相對視，就能讀取對方的願望。

這便是緹雅的技能。條件一旦滿足，就能解讀他的真實心意，並且視其願望為何加以控制。

（如果可以讓視線相交的話……！）

緹雅挑戰了好幾次。對於受緹雅的魅力吸引的男性，這一點非常容易就能達成。可是，每當她試圖和羅蘭視線相交，對方總是立刻就把視線移開。

「喂，妳從剛才開始究竟在做什麼？」

羅蘭嘆了口氣。

「妳喜歡和我互相凝視嗎？應該不是這樣吧。我說啊，一個怕到連聲音都發不出來的人，只試圖和對方視線相交，這樣實在太不自然了。」

「……！」

「妳的無聊技能對我不管用啦。」

——完全行不通。

和克勞斯一樣，羅蘭也憑著間諜的第六感產生了戒心。緹雅的技能從來不曾對一流高手成功過，連對瑪蒂達也一樣不管用。

無計可施。緹雅曾經對莫妮卡試過接吻這個手法，可是和羅蘭那麼靠近的風險太高了。舌頭有可能會在雙唇交疊的瞬間被咬斷。

（我果然……………什麼也做不了……！）

浪費時間。

不能豁出去解開束縛。要是那麼做，就會和當時一樣，在沒有仔細確認的狀況下，受到瑪蒂達的誘導試圖拯救她。

——『緹雅小姐，妳真是太沒用了。』

瑪蒂達的嘲笑聲在耳畔響起。

無論如何，絕對不能夠重蹈覆轍。

「……原來是這樣啊。妳最近失敗了對吧？」

就在這時，羅蘭主動開口了。

語氣溫柔，不帶一絲威嚇感。

「看妳的態度就知道了。抱歉，是我有點太焦急，不該那樣逼妳的。」

他微微地轉動脖子。

——道歉了？一流的刺客向我道歉？

正當緹雅感到不解時，他一臉難為情地縮起下顎。

「其實我也跟妳一樣，經歷過悲慘的失敗。」

「……一樣？」緹雅終於有辦法說話了，雖然只是單字。

「當然啦。在妳眼前的，可是挑戰燎火，結果輕易就被他擊敗的男人耶？而且還說出他有資格成為『競爭對手』這種丟臉的台詞。」

「啊……」

「我來說說關於我的事情吧。妳放心，我不會講太久的。」

羅蘭面露淺笑。

他的來歷連對外情報室都不清楚，緹雅自然而然豎耳傾聽。

「我本來是一個無趣的青年。出生在穆札亞合眾國裡一個相當富裕的家庭，因為家人命令我繼承家業，於是我便乖乖地聽話了——直到我遇見那個被同伴稱為『紫蟻』的古怪男人。」

「紫蟻……」

「他似乎一眼就看出了我的才能。他把我抓走，將我改造成間諜。其實感覺意外地還不賴喔，因為我是個天才嘛。我的實力一下子就超越其他『工蟻』，也因此受到了特殊待遇。我在全世界到處奔波，不斷殺害受託剷除的政治家和間諜。」

羅蘭上下聳了聳肩。

「可是最後等待著我的——卻是無聊。」

「…………」

「妳應該懂吧？我殺人是沒有目的的，就只是聽從紫蟻的吩咐行事而已。但是，我被洗腦成無法違抗他的命令，完全跟奴隸、人偶、機械沒兩樣。我只不過是在被輸送帶運送過來的人身上，貼上『已死亡』的標籤罷了。」

把殺人說得像是雜務一般的羅蘭，是讓人無法理解的存在。

但是，緹雅唯獨明白了一件事。

那就是對他而言，殺人太簡單了。在這個異於常人的男人眼裡，暗殺早已成了日常的一部分。就像打蛋、購物一樣，他能夠輕而易舉地捏碎人的心臟。

「我的人生究竟是為了什麼而存在——我一直都在思考這個問題。」

「……這樣啊。」

「不過幾年之後，某個人告訴我：『有一個人能夠填滿你的心。』那句有如預言的話太吸引人了。比任何人都強，誰也無法取其性命，無論何種任務都能達成的怪物。我一心想著，與那人的相遇一定能夠填滿我的心。」
羅蘭一副感到可笑似的發出笑聲。
「可是，結果卻是這個下場——那個男人甚至不把我當對手看待。」
「…………」
「如何？我是不是和妳一樣啊？內心因為巨大的失敗而受挫，不知道該如何修正自己的人生軌道。我沒說錯吧？」
被看透了。
緹雅將自己的身影，投射在被束縛的羅蘭身上。或許是一樣的吧。儘管緹雅的身體沒有被束縛，然而她的心卻被牢牢地困住。
至今仍無法從失敗中站起來。無論緹雅，抑或羅蘭都是。
「和我聯手吧。我們這兩個失敗者，從現在開始要一起找回自己的人生。」
溫暖的語氣。
溫暖到讓人必須努力壓抑快要動搖的心。
「……你的提議好奇怪。」
緹雅開口，聲音虛弱到不像是從自己口中發出。
「倘若你所言不假，你應該也是紫蟻的部下才對。」

「是啊。他把部下喚作『工蟻』，而我也是其中一人。」

「既然如此，你應該無法反抗紫蟻啊。根據報告，他們對他是絕對的服從。」

「別把我跟其他小咖混為一談。他對我的掌控力沒那麼大。」

「你有什麼根據……？」

「我沒有自殺，但是其他『工蟻』一旦失敗就會試圖自殺。沒錯吧？」

他說得沒錯。

根據莫妮卡和席薇亞的報告，敵人失敗後會立刻自殺，或是放棄治療。但是羅蘭不一樣，他說的話似乎是真的。

「好了，做出選擇吧。看是要釋放我，還是不釋放我。」

羅蘭神情沉穩地瞇起雙眼。

沒有時間了。若是猶豫，只會耽誤救援。

同伴的身影在腦中閃過。

緹雅一直和她們過著和樂融融的生活。大家在同個屋簷下，歡笑度日。

聽到緹雅提起性相關的戀愛話題，百合害羞地逃開。席薇亞儘管一副傻眼的模樣，暗地裡卻偷偷感興趣。莎拉滿臉通紅。而在一旁，葛蕾特認真地寫筆記，莫妮卡眼神冷淡地捂住愛爾娜的耳朵。安妮特雖然疑惑地偏著頭，看起來卻相當舒適自在。

每當少女們在餐廳裡聊得起勁，克勞斯偶爾也會造訪。同伴詢問他的戀愛經驗，他卻一臉嫌惡地逃走，試圖阻止他的百合跌了一跤，眾人哄堂大笑。

好想再過一次那樣的生活。

好想要達成任務，和同伴團聚。無論要做出何種犧牲也在所不惜——

——解開羅蘭的束縛。

緹雅用備用鑰匙，解開纏繞他全身的鎖鏈。鎖頭的數量超過二十個。

所有鎖頭都解開之後，羅蘭向前撲倒，臉重重地撞上地板。好像是因為身體長時間遭到綑綁，才會無法順利活動肌肉。

緹雅感到不安。這樣真的可以打倒敵人嗎？

他在地板上躺了一會兒，之後才抓著椅子，開始站起身。儘管撐起了身體，上半身卻前後左右地大幅晃動，無法穩定。腦袋也頻頻搖晃。

就在緹雅走近想要幫忙攙扶時，羅蘭的臉忽地出現在正面。

然後，他笑了。

「我再另外補充一點。」

他大大地伸展身體。

「我很特殊是事實。紫蟻對我下的命令不是『失敗了就自殺』，而是『失敗了就欺騙敵人，非回來不可』。」

羅蘭的關節喀喀作響。在骨頭要碎裂似的可怖聲響中，覆蓋他身體的肌肉逐漸適應。起初搖晃的上半身漸漸停止晃動，男人穩穩地站立著。

——釋放了。

——我釋放了令世界恐懼的刺客。

緹雅不由得後退，背部撞上寢室的窗戶。

羅蘭瞬間拉近距離，逼上前來。他似乎已經活動自如了。緹雅根本來不及逃，就這麼被他掐著脖子，整個人被用力地推向後方。

羅蘭將窗戶的鎖解開，打開窗戶。

緹雅的上半身從八樓的窗戶伸了出去。

「妳真的很蠢耶，居然這麼容易就被騙。」

羅蘭出言譏諷，在勒住緹雅脖子的手中施力。

絕望在受王者支配的米塔里歐裡不斷蔓延。
真有辦法能夠突破困境嗎——？

◇◇◇

◇◇◇

緹雅醒來，發現自己躺在冰冷的地板上。
這裡似乎是某棟大樓的地下室。昏暗的空間裡沒有窗戶，間接照明隱約照亮了室內。這似乎是一間小酒吧，裡面只有兩個座位。酒瓶排滿了一整面牆，吧檯後有一名身形細瘦的男人正在擦拭玻璃杯。
緹雅感覺自己觸碰地板的手傳來異樣，於是定睛凝視，結果見到整片地板上布滿紅色血跡。
她直覺感應到那不只是一人的血，而是有好幾人都在此遭到殺害。
「這裡是哪裡……？」緹雅詢問，但是酒保沒有應聲。
身上的手槍不見了。

好像沒有遭到綑綁。

才坐起上半身，吧檯旁邊的門後便傳來腳步聲。

從門後現身的，是一名頭戴帽子、身穿西裝的男性。他的相貌非常溫柔，那雙線般細長的眼睛，更是給人一種應該會受孩子喜愛的沉穩印象。

他一見到緹雅，便輕輕點頭。

「他果然有一套。居然有辦法靠自己的力量逃脫，甚至將敵人抓來。他的才能真是令人畏懼。」

緹雅早就知道那名男性的真實身分了。

也很清楚看似人畜無害的男人的低劣本性。

「你是紫蟻……？」

「看來我沒必要自我介紹了。」

紫蟻微微抬起帽子，露出笑容。

「幸會。但是不好意思，這次因為沒有時間，所以我得立刻殺了妳。請妳快點在死前留下遺言，我會認真聆聽的。」

「你人還真好啊……」

「是啊，善待女性是我一貫的作風。」

「我倒一點都不這麼認為。」

「別看我這個樣子，我可是女權主義者喔。我會在毆打女性之後，深切地反省自己。」

對於他瘋狂的倫理觀念，緹雅並不感興趣。

只不過，他好像很急的樣子。緹雅也已經想像到他如此匆忙的理由了。

「你的目標是老師嗎……？」

「是啊，只要讓他見到妳的遺體，他想必就會心生動搖。他這個人可真頑強啊，我派了七十三名『工蟻』去對付他，還是沒能將他打倒。那傢伙真的是人嗎？」

他果然正在作戰。他似乎遭到眾多敵人包圍，無法動彈。

酒保將手槍遞給紫蟻。那是合眾國製造的轉輪手槍。紫蟻仔細地將子彈一發一發填裝進去，像是在思考要用哪顆子彈射殺似的。

緹雅緊抿嘴唇。

她可以預見之後將發生什麼事。

——自己會命喪槍下。「燈火」會敗給紫蟻，遭到他超乎預期的支配力蹂躪。克勞斯則會忙於應付超過七十人的「工蟻」，來不及營救同伴。

——假使真的照這樣下去的話。

緹雅微微搖頭。

「……你真的是無敵耶。」

「嗯？」

「我敢斷言，此時此刻，這個地方最強的間諜就是你。你簡直強到卑鄙的程度，我們真是挑錯時間挑戰你了。」

「是啊，因為我是王者。妳現在才明白嗎？」

紫蟻淡淡地回答。

看樣子，他似乎對自己有著無比的自信。這或許是理所當然的，因為他擁有近乎全能的力量。能夠以劇痛穩固地操縱、支配他人，甚至命令對方自殺。

在他的奴隸密集的米塔里歐這個地方，他無疑就是王者。

教人不禁覺得，與之對抗簡直就是愚蠢的行為。

「——你說得對。你確實在『此時此刻』是無敵的，是我們『挑錯時間』挑戰你了。」

搞錯作戰的根本了。

想要擊敗他，挑「現在」這個時間太有勇無謀了。至今恐怕有好幾名間諜都試著打倒他，最後卻都失敗了吧。

所以，必須轉換思考。

緹雅終於知道，要如何打破他所製造出來的絕望了。

「想要擊敗你，就必須改變觀念。」

緹雅說道。

「不是『現在』，而是應該要用『歲月』打贏你才對。」

這便是她找到的答案。

利用同伴抱著必死決心收集到的情報，所引導出來的真相。

找出答案的瞬間，心中一直懷抱著的怪異感立刻串連起來。紫蟻過於迅速的應對，以及在米塔里歐這個地方蔓延的傳聞。

打破絕望獨一無二的手段——就是猜出命喪於此的「她」的名字。

於是，她對紫蟻問道。

「我問你。半年前，你在這裡——殺了紅爐小姐對吧？」

紫蟻開口。

「——『紅爐』。這就是妳的代號對吧？」

「……你猜對了。」

「她」——紅爐放棄抵抗似的點頭。

儘管得到了正確答案，紫蟻本人卻感到十分意外。

他的使命，是抹殺潛伏在托爾法經濟會議周邊的間諜，以削減他國的力量。持續長達半年的托爾法經濟會議才剛開始，他便已在轉眼間埋葬多位知名的間諜。

然後，他成功捕獲了疑似是迪恩共和國間諜的女人。他本想將女人挾為人質，藉以引出白蜘蛛命令他提防的「燎火」，卻沒想到她竟是那位紅爐。

紫蟻重新凝視躺在眼前的女人。

聽了她的代號後，更讓人感覺她的容貌十分年輕。明明不管算得再年輕，她的年紀都應該至少有三十五歲了，然而從外表卻完全看不出來。火焰般的紅色長髮，雙眼中蘊含著甚至讓人感到嚴酷的堅毅。右眼下方有一道深深的傷痕。

「不過，我還以為馬上就會被發現呢。」

紅爐按著遭到槍擊的腹部，笑著說。她的腳邊已經積了一灘血，膚色也變得蒼白無比。

依她的傷勢，照理說昏睡過去應該會來得輕鬆許多。

「妳講話還挺流暢的嘛。」紫蟻回答。「可是剛才卻一直默不作聲。」

「因為我很努力地在盡量爭取時間啊。不過，已經太遲了。啊啊真遺憾，我待會兒就要死了。傷勢這麼嚴重，看來已是回天乏術了。」

紅爐的表情，甚至給人一種神清氣爽的感覺。

「不過，我真的還以為會馬上就被猜中呢。我的情報外洩了對吧？」

「是啊。而且妳本來就很有名。」

「身為間諜，這還真是令人感到悲哀啊。既然如此，你為什麼會沒有立刻識破呢？」

紫蟻一時猶豫著不知該如何回答。

顧慮他人心情這種事，對他而言極為罕見。

「——因為妳太弱了。」

「哎呀。」

「因為和妳建立起來的功績相比，眼前的女性實在太弱了。」

她所締造出來的傳說不計其數。

甚至還擁有在世界大戰期間，將帝國陸軍的情報洩漏給聯合國，引導戰爭走向結束的功績。

對帝國來說，她是可恨的敵人，但卻也讓人不禁對這名間諜肅然起敬。

「看來，妳的病情惡化得比想像中嚴重呢。疾病讓妳的判斷力變差、身體虛弱，結果就敗給了我的區區五十名『工蟻』。這樣的妳，實在讓人無法和那個紅爐聯想起來。」

「說得也是……我無可辯駁。現在的我，的確只是個殘渣。」

「實力只剩全盛時期的十分之一嗎？」

「你太誇張了啦，頂多只有九分之一。」

她的回答讓人分不清她究竟是謙虛，還是驕傲。

紅爐像在自嘲地左右搖頭。

「接下來可以換我發問嗎？你對克勞斯如此嚴加警戒，可是他真的會來這裡嗎？我自己是不知道啦。」

「天曉得，其實我也不知道。我的同伴聽說對他設下了陷阱，卻被他逃掉了……帝國方面沒有他的消息。我本來以為只要像這樣把妳抓起來，他就會現身。」

「既然如此，那看樣子他並沒有來這個國家了。」

「很遺憾，好像真的是這樣呢。」

紫蟻將視線落在紅爐的側腹上。地板上積了一大灘血，她大概撐不久了吧。

「真可悲啊。」

他說道。

「被疾病侵蝕、遭同伴背叛，因為連其他同伴也陸續慘遭毒手，只好自己孤立無援地來到米塔里歐，結果被我的『工蟻』蹂躪，在黯淡無光的地下室裡結束一生。」

「…………」

「這就是……被譽為『世界最強間諜』的女人的下場嗎？」

紅爐的額頭冒著汗，面露微笑。

「每個間諜的下場都很相似啦。」

「原來如此，我會把這句話銘記在心的。」

紫蟻本身並不期待自己能夠輕鬆地死去。但是，紅爐的死讓他深感空虛。

太輕易草率了。

說起紅爐這名間諜，連在帝國也有許多人十分尊敬她。她那宛如藝術、像在施展魔法一般的掠奪情報手腕，連輸給她的敵人都不禁為之讚嘆。甚至「蛇」之中也有紅爐的崇拜者。

「這便是間諜之死——就只是充滿了絕望啊。」

「不，才沒有那回事。」

紅爐否定了紫蟻的話。

在死亡迫近眼前的狀況下，紅爐臉上依舊帶著笑容。

「應該是希望洋溢才對。未來光明到令人目眩呢。」

「……妳的同伴除了燎火，其餘全都死光了。就連燎火也遲早會死。」

「不，克勞斯很強。」

語氣中滿是確信。

「我可愛的──沒錯，他是我的兒子。我們雖然沒有血緣關係，但他依舊是我的孩子。他繼承了我們『火焰』所有的技術，我這一生中，從沒遇過像他如此才能出眾的人。」

「…………」

「他將會填滿你乾涸的心。我以我紅爐的性命，向你承諾這一點。」

「我的心才不乾涸。」

她的承諾讓紫蟻感到莫名其妙，但他仍謹記在心。

她的話語中，似乎蘊藏著能夠深深刻劃在人心上的力量。那大概就是所謂的言靈吧。

「然後，還有一人──繼承了我的精神。」

「是嗎……」

是沒聽說過的情報。

根據手中掌握到的資訊，紅爐沒有親人。她的人際關係僅限「火焰」的成員，應該沒有徒弟才對。

「我一看到那孩子的眼睛就知道，這孩子將會繼承我的精神。這孩子會實現我的夢想，比我這個殘渣拯救更多的人。」

「可以告訴我他是什麼樣的人嗎？」

「這個嘛……最後一次見面是在七年前，所以我也不知道現在長成什麼樣了。」

紅爐搖頭，表情沉穩得一點都不像將死之人。

紫蟻瞇起雙眼。

「妳的話讓人很難相信呢。」

在臨死之前散布假情報，藉以擾亂我方的可能性非常濃厚。對長達七年不見的孩子抱持期待這種事情，實在教人難以置信。

但是，她的證詞讓紫蟻有了聯想。

「拯救」一詞，和在米塔里歐蔓延的傳聞有吻合之處。

「對我的『工蟻』灌輸奇怪傳聞的人，該不會是妳吧？」

「我不懂你在說什麼耶。」

「——黑髮英雄將在絕望的深淵現身。」

紫蟻原以為那不過是無聊的玩笑話。

豈料散布那則傳聞的始作俑者，竟然就是紅爐。

不過，在走投無路的處境下散布流言，對她來說確實易如反掌。

紅爐「被發現了啊」地嘆道。

「因為他們很可憐嘛。你叫他們『工蟻』是嗎？你的部下需要希望之光，所以我就將希望深植他們腦中了。」

「居然把虛假的希望高掛在面前引誘他們，妳可真是殘酷啊。」

紫蟻嗤之以鼻。

「話說回來，有必要同情他們嗎？我所支配的，是靠著別人的不幸來維生的一群人渣。這個國家的人們，把戰敗後為貧困所苦的帝國悲劇當成糧食，累積了龐大的財富。妳有看到那條金碧輝煌的主要街道吧？」

櫛比鱗次的高樓大廈和燈光閃爍的廣告。

那些全是藉著和受世界大戰折磨的大國做生意，所累積而來的財富。合眾國持續向聯合國方面供應物資，最終導致帝國陸軍戰敗。

「看在因大戰受傷害的我們眼裡，他們根本是可恨的敵人。」

紫蟻對被迫獻上整個人生的「工蟻」毫無憐憫之情。和戰敗後為龐大賠償金所苦的帝國國民相比，他們的遭遇根本不算什麼。

反而應該為了被自己這般溫柔的王者支配，心存感激才對。

紅爐露出冷漠的眼神。

「我瞧不起你那腐敗至極的思想。我是不知道你有什麼資格裝成被害者的樣子，但是我可沒忘記你的國家侵略共和國所帶來的傷害。」

她以尖銳的口吻說道。

「英雄是不會對任何人見死不救的。」

「……哦，是嗎？」

「我來告訴你，你這個人的缺點吧。你無法連人心也控制。無論你再怎麼用暴力脅迫，也無法熄滅在絕望中掙扎的他們心中的那道光。」

紅爐斬釘截鐵地說。

「我所播下的不是虛假的希望——英雄必將現身。」

語氣凜然。

「那孩子將會來到米塔里歐，而且是克勞斯帶來的。那孩子會看穿深藏人心的光芒——你的天敵，將會拯救米塔里歐的人們。」

紅爐將手移離傷口，伸進自己懷中，取出一發子彈。大概是備用子彈吧。她用手指夾著子彈，拿到紫蟻面前。

「那孩子是我使出渾身解數，用來射穿你的——最後一發『子彈』。」

簡直荒誕無稽。只能說她已經缺乏判斷力了。

「請不要再令我失望了。」

紫蟻開口。

「我不想見到妳的醜態。太墮落了，妳的病大概影響到腦袋了吧。」

已經不想再看見她了。早點送她上西天或許才是一種憐憫。

紫蟻舉起手槍，瞄準她的額頭。

「那麼，最後再讓我說一句話。」

紅爐望向出入口，朝著那個方向伸出滴血的手。

「——克勞斯，救我。」

「……！」

紫蟻反射性地轉頭，心想莫非燎火真的來了。

可是，那裡沒有半個人，就只有緊閉的門扉。

移回視線，只見紅爐微微吐舌。

「你上當了？」

紫蟻扣下扳機。

紅爐的身體瞬間彈跳。子彈貫穿她的頭部，射穿了頭蓋骨。接著，紫蟻連續開了五槍，子彈應該全都深達她的內臟了。大灘鮮血漸漸擴散，染紅了紫蟻的鞋子。

子彈從她的指尖掉落。

紫蟻將目光從遺體移開，開始毆打神情愕然的愛犬。

「把遺體送到迪恩共和國去。絕對不能讓對方追查到我的所在之處。」

紫蟻離開地下室。

毫無成就感，有的只是益發強烈的空虛。連紅爐這名傳說中的間諜，也如此輕易就迎來死亡。

紫蟻注視著高聳的威斯波特大樓。

一言不發、持續保持沉默的它，在紫蟻眼中宛若墓碑。

「沒有錯，紅爐的確是在這間房裡死去的。妳怎麼會知道？」

聽到紫蟻這麼說，緹雅閉上雙眼。

沒有義務回答他的問題。此時此刻必須去感受的，是恩人的心意。

心好痛。紅爐在這間地下室裡孤獨地死去，慘遭紫蟻的欺凌、殺害。這個男人不可能會對她大發慈悲。他想必是折磨了她好一段時間後，才奪走她的性命吧。

悔恨不已。

壯志未酬的她，心裡肯定非常難受。

但是，她在臨死之前留下了訊息。她在窮途末路的困境中對「工蟻」呢喃，下了暗示。

——英雄將會現身。黑髮少女會將你們從絕望中拯救出來。

她還記得。記得七年前遇見的緹雅。記得對她的夢想產生共鳴的，那個年幼的自己。

並且將打倒紫蟻的希望，寄託在緹雅身上。

（謝謝妳，紅爐小姐。謝謝妳一直記得我——）

淚流不止。

她不知幾度拯救了緹雅的心。

（……不，支撐我的不只是紅爐小姐。）

緹雅能夠找出真相，都是多虧了同伴們。

葛蕾特在離開之前，下了「請立刻重讀一次報告書」的指示。那是同伴送來的報告書。可能是緊急事態接連發生，才會延遲傳達吧。

那份報告書裡除了一般的情報外，還附上了訊息。

莫妮卡和莎拉送來的報告書結尾是這麼寫的。

『附註：在下都這麼努力了，妳們也別偷懶啊。尤其是臭婊子，妳給我差不多一點。現在的妳是零分。』

嚴厲的用詞很像是她會說的話。

在那之後是莎拉的筆跡。

『下面這句話，是小妹瞞著「冰刃」前輩寫的——其實「冰刃」前輩一直很掛念「夢語」前輩喔。當然小妹也是！』

緹雅讀到這裡時，忍不住笑了出來。

莎拉的費心，讓緹雅感受到莫妮卡的溫柔。

席薇亞和愛爾娜傳來的報告書裡，也有來自她們的訊息。

『PS：情報組的性感小妞，妳也差不多該振作了。妳不是選拔組的嗎？雖然我很少提起，但其實我偶爾很在意自己沒被選上這件事喔。』

『愛爾娜（更正，不應該說出自己名字呢）我知道大姊很努力。大姊過於善良的想法很了不起呢。』

安妮特和百合則是已經透過電話傳達了。

『本小姐不希望大姊消失喔。』

『請順水推舟利用這則傳聞，成為英雄。』

葛蕾特是當面直接說：

『請思考什麼是自己能夠盡力去做的。我相信妳……』

回過神，才發現所有同伴都在鼓勵自己。

一股暖流漸漸盈滿整顆心。

（各位，對不起……讓妳們擔心了……也對，妳們怎麼可能沒有發現呢，畢竟我們一直都生活在一起……）

說不定，她們早就偷偷說好，即使任務進行順利，只要緹雅的心尚未振作起來，就要在報告書上留下訊息。

策劃者一定是百合。她總是想出一些普通女學生會提出的點子，一點都不像間諜。

但是，那份體貼讓人好開心。

然後，當緹雅振作起來後的方針，克勞斯也早就已經提示過她了。

『既然冷酷有時能夠拯救團隊，那麼妳的天真拯救團隊的時刻必定也會到來。』

總算理解話中的涵義。

緹雅只要維持原樣就好。他認同緹雅的理想，而緹雅只需要相信他，儘管以天真的自己為榮。

——好想讓他看看。

——儘管我輕率、軟弱，動不動就氣餒，但我一定會推翻這份絕望。

什麼逆境的，根本不足為懼。

「吶，紫蟻先生。」緹雅瞪大雙眼。「我——就是英雄。」

「這話可以自己說嗎？」

「當然可以。我們來做個了結吧。」

她與紫蟻正面對視。

緹雅現在懂了，應該和紫蟻一決雌雄的人是自己。英雄將成功討伐這名王者。

紫蟻神情不悅地一度摘下帽子，將頭髮往上一撥，然後重新將帽子戴上。

「黑髮少女……原來如此，所謂的英雄就是妳啊。」

他一臉不快地蹙起眉頭。

「收到通知時，我心裡還雀躍了一下，沒想到居然是個連狀況都搞不清楚的小女孩。」

「哎呀，我很清楚狀況啊。我被抓了。」

「然後接下來將被殺死。」

紫蟻朝酒保的方向望去，彈響手指。

「我看，就用更殘酷的方式來對付妳好了，這樣比較有意思。」

原本一直在擦玻璃杯的酒保，頓時渾身一顫。

他是個似乎才只有二十五歲左右的男性。在紫蟻跟他說話之前，他始終挺直了身軀。他的身體想必有經過鍛鍊吧。

他本來一直都是一副事不關己的表情，但是被紫蟻瞪了之後立刻就發起抖來。

「我來介紹一下。他是一位知名的武術家，需要出動十名『工蟻』才有辦法將他束縛。在接受我的拷問之後，他更加精進了自己的格鬥技術，最快可以在三十秒內肢解一名成年男性。」

紫蟻再次彈響手指。

「要是不在十秒內將她肢解，就得接受懲罰。【殺了她】。」

酒保鑽過吧檯下方，拿著大斧頭站起來。緹雅還來不及準備，男人便跳過吧檯，朝著緹雅的頭頂揮落斧頭。

他的臉上布滿恐懼。

整張臉汗水涔涔，表情錯亂。

「——【住手】。」

酒保的斧頭倏地停止。彷彿時間靜止了一般。

紫蟻張口結舌。

剛才的命令是出自緹雅之口。她的命令覆蓋了紫蟻的支配。

緹雅觸碰自己的喉嚨。

「酒保先生，你認得這個『聲音』對吧？你是不是也在這個地下室見過紅爐小姐？」

「唔……」

男人口中發出呻吟。

緹雅的說話聲承襲自紅爐。她能夠模仿紅爐的語氣、音調、節奏、速度。小時候失去聲音

時，她便是藉著模仿紅爐找回聲音的。

緹雅站在他面前，輕觸他的臉頰。

要和動也不動的對象互望非常容易。

——讀取對方的願望。

然後，她報以微笑。

「……沒錯，你一直都在等待。自從她以這副『聲音』告訴你英雄將會到來之後，你便一直在期待著。在恐懼的支配下，不斷掙扎著想要覓得光芒。」

對他們而言，緹雅的「聲音」有如特效藥。

紅爐植入心中的暗示經過半年的熟成，即將開花結果。

「放心吧，你將會得到救贖。因為我，黑髮英雄來拯救你了。」

緹雅用手臂環住男人的身體，輕輕將他拉近。

擁抱敵人。憐憫敵人。疼愛敵人。

她用手臂環住男人，輕撫背部，將他擁入懷中。然後，她輕聲說出對方最想聽見的那句話。

「——【你不用再殺人了】。」

男人的身體癱軟。

他哀求似的緊摟住緹雅的腰，像個嬰兒一樣放聲大哭。緹雅一邊撫摸男人的頭，一邊反覆說著「沒事了」。

緹雅窺探他的心，看穿了一切。

他原本有個心愛的戀人。一心夢想和女友結婚的他，不停地在地下格鬥場賺取獎金。就在求婚前一天，他突然遭到暴徒攻擊，受到紫蟻的拷問。他抗拒不了恐懼，親手勒死自己的戀人，之後還墮落成一再殺戮的奴隸——

緹雅原諒了置身地獄的他的罪過與悔恨。

大大的嘆息聲從紫蟻的方向傳來。

「……真是太令人驚訝了，沒想到我的命令居然會被覆蓋。」

紫蟻眉頭緊蹙。

「不過，這樣真的好嗎？那個男人可是連續殺人犯喔？雖然他是聽從我的命令，至今卻也殺了十人以上。像他這種人，真的值得被拯救嗎？」

「當然值得。」

「妳這個人腦袋有問題耶。」

無論別人怎麼說都無所謂。只要朝著自己要走的道路，昂首闊步就好。

不管受過幾次挫折、受過幾次傷，她都有承襲自紅爐的志向。

「算了，一個人解除支配也沒差。」

紫蟻裝上剛才填入子彈的轉輪手槍的彈巢。

「沒辦法，只好我自己動手了。雖然欺負女性，對身為女權主義者的我來說很痛苦。」

「我就說，你才不是什麼女權主義者……」

「我很討厭毆打女性啊。那樣會讓我勃起，很丟臉耶。」

紫蟻將手槍指向緹雅時，剛才那名酒保擋在緹雅前方，似乎想要保護她。

儘管對那副英姿滿懷感謝，但是緹雅並不打算犧牲他。

「很抱歉，因為我不是會直接與敵人作戰的類型，所以請容許我這麼說。」

緹雅望向出入口。

「——老師，救我。」

紫蟻揚起嘴角，並且不知為何露出輕蔑的眼神，像是在說「妳騙不了我的」。

可是，有人回應了。

「我來救妳了。」

強而有力的說話聲響起。

紫蟻吃驚地瞪大雙眼，望向背後。

克勞斯站在出入口的門前。他本人雖然看起來沒有受傷，衣服上卻到處濺上了鮮血。他之前應該經歷過一場激戰吧。

他微微點頭。

「好奇妙的感覺。我感覺自己好像一直都很想說那句話。而且，過去沒能說出那句話讓我深感遺憾。」

他落寞地注視著地板上的血跡。

克勞斯的出現，似乎讓紫蟻心生動搖。他輪流看了看緹雅和克勞斯，然後移動到兩人中間。

「你就是克勞斯啊……你怎麼會知道這個地方？」

「我沒有義務告訴你。」

「我派去對付你的七十三名『工蟻』呢？」

「全被我打倒了啊？」

「「…………………」」

紫蟻和緹雅同時沉默。

等級相差太多了。

一名「工蟻」便讓少女們陷入苦戰；同時遭受十人以上攻擊，性命更是危在旦夕。然而他卻獨自面對七十三名敵人，毫髮無傷地贏得勝利。

「也難怪你們會驚訝了。」克勞斯一臉滿足地交抱雙臂。「不過，對世界最強的我而言，這點程度根本——」

「老師。」緹雅打斷他的話。

「嗯？」

「……程度相差太多，反而會讓人感覺不出你有多厲害。」

「有這麼令人哀傷的事？」

「甚至還會覺得『會不會是敵人太弱了？』喔。」

「這也太不合理了吧。」

克勞斯一臉受傷的表情。

可是沒辦法，這是事實。雖然那樣應該是真的很厲害啦。

「其實他們每一個人也都很強啦。」

莫名其妙地替敵人說好話之後，克勞斯重新面向紫蟻。

地下室裡共有四人。只有紫蟻、緹雅、變成緹雅的同伴的酒保，以及克勞斯。沒有窗戶之類的地方可逃。

立場已然逆轉。

現在處境危險的是——紫蟻。他打算如何對抗克勞斯超人一般的格鬥術呢？

「……原來如此，你這個對手比想像中還要棘手。」

紫蟻聳了聳肩。

「不過，我勸你不要只是打倒小嘍囉就得意忘形。我可是米塔里歐的王者。」

有動靜——

這麼感應到的瞬間，克勞斯率先採取了行動。他在不到一秒的時間內握住轉輪手槍，朝紫蟻射擊。

紫蟻則是搶先一步大喊。

「——【保護我】！」

直到剛才還擋在緹雅前面保護她的酒保移動身體。那似乎不是出於理性，而是反射性的動作，因為他是那樣被洗腦的。

克勞斯的子彈擊中酒保的肩頭。

「——【殺了他們】。不要相信他們的鬼話——【殺了他們】、【殺了他們】、【殺了他們】。」

紫蟻扯著喉嚨，嘶聲吶喊，像是要覆蓋緹雅的話一般。

接著，他在酒保的保護下拔腿奔向地下室的深處，伸手觸碰原以為是牆壁的地方，穿越過去。

「是密道……！」

他似乎早已設想最壞的情況，事先準備好逃脫路徑。

這傢伙果然難纏。

克勞斯按住酒保，緹雅則再次對精神錯亂、大吵大鬧的他說話，讓他鎮定下來。紫蟻對他的支配尚未解除。他神情痛苦地叫喊，拚命掙扎。

看來，要拯救所有的「工蟻」，果然必須打倒他不可。

克勞斯將安眠藥塞進他嘴裡，強行讓他睡著。

「去追他吧。」

緹雅說道。

然而，克勞斯卻神情凝重地望著地板。像是發現什麼似的彎下腰，把手伸向椅子下方。

「……是老大以前愛用的子彈。」

他的手裡，放著一顆小小的子彈。

她果然是在這裡遭到殺害。她的遺物大概是在最後悄悄滾落地面，然後就被棄置在那裡了吧。

「走吧，緹雅，我們去報仇。」克勞斯握緊子彈，這麼說。

「是，老師，去跟他做個了結吧。」

紫蟻已經逃往密道的盡頭，但是，他應該並不認為這樣就能夠徹底擺脫對手。他應該只是在爭取時間，好召集剩下的「工蟻」，重整旗鼓。

米塔里歐的決鬥已迎來最終局面。

克勞斯和緹雅穿越密道，很快就來到地上。

抬頭仰望，高聳的大樓矗立在眼前。是這幾個星期來已經看膩了的威斯波特大樓。沒想到紫蟻的藏身地，竟然就位在都市的正中央。

克勞斯似乎能夠聽見紫蟻微弱的腳步聲。紫蟻是從後門的緊急出口進入大樓，沿著維修梯往上爬。警衛大概也是他的手下吧。緹雅一聲喝令，制止了上前攻擊的警衛。

「──【住手】。」

他們見到緹雅的長相後，茫然地愣在原地，過了一會兒才赫然回神動起來，卻被克勞斯神速的拳頭給擊昏。

緹雅緊咬嘴唇。

（究竟有多少人期盼英雄的到來啊……？）

紅爐對「工蟻」所下的暗示──是絕望的他們心中唯一的希望。

被施予劇痛，背負持續殺人的職責。對那樣的他們而言，肯定連「有朝一日，黑髮少女英雄必將前來拯救」如此荒誕無稽的話，也感到無限光明。

——必須拯救他們才行。即使他們是來殺害自己的敵人。

緹雅沿著大樓的室外樓梯往上爬。

一邊被途中冒出來攻擊的「工蟻」絆住步伐，克勞斯和緹雅二人同時抵達八樓。

威斯波特大樓八樓的空中庭院。

總共四十七層樓高的威斯波特大樓，在八樓處有一座開放給觀光客參觀的空中庭院。這裡在托爾法經濟會議舉辦期間並未對外開放，再加上此時已是深夜，因此裡面沒有半個人。

庭院的面積大概有三座網球場那麼大。東西兩側各有一座噴水池，噴水池周圍圍繞著玫瑰花壇，中央則放置了青銅製的紀念碑。那是一尊雕塑出欲展翅飛翔的鴿子，以及對鴿子流露憐愛之情的女神像。

紫蟻已經在那尊銅像底下等待著。

「這裡就是你選定的地點嗎？」

「是啊，多虧你們特地追上來，真是幫了我大忙。」

紫蟻憐愛地撫摸女神像。

「港口那邊也有豎立這尊女神像，你們有去看過了嗎？聽說這是自由的象徵喔。是來自大陸的移民慶祝獨立成功的雕像。」

「和你是完全相反的存在呢。」

「沒錯。所以我超討厭的，討厭到都要吐了。」

紫蟻朝克勞斯兩人伸手。

「所以，我要在這尊女神像面前殺了你們。」

他說話的同時，有人從花壇後方跳了出來。肉眼能夠辨識的共有三人，他們全都拿著手槍對準克勞斯和緹雅。

「！」

緹雅還不及退後，克勞斯便搶先一步做出反應。他迅速往後一跳，然後拉著緹雅的衣服，偏離敵人的瞄準線。

子彈從眼前經過。

開槍的時間點和準確性絕佳。

聚集在紫蟻身旁的，是一群身穿男用晚禮服的人。人數共有九人，男女老少都有。有模樣尚顯青澀的少女，也有似乎已年屆四十的男性；從看似主婦的女性，到年輕氣盛的男性都有。唯一的共通點，就是他們全都雙眼混濁。

「『九隻將軍蟻』。」

紫蟻得意地笑著。

「我是這麼稱呼他們的。這就是我的殺手鐗。」

他坐在女神像的底座上，彷彿那裡是他的王位。
克勞斯用轉輪手槍擊發子彈。緹雅甚至沒有看到他掏出手槍。
但是朝著紫蟻射出的子彈，被他的手下妨礙了。兩人像盾牌一樣擋在前面，保護紫蟻。
克勞斯一臉佩服地喃喃說道。
「看來和之前的小嘍囉不一樣呢。」
「沒錯，他們是從總數超過四百人的『工蟻』中，精挑細選出來的九人。」
紫蟻好整以暇地回答。
緹雅立刻出聲下令「——【停止】」。
可是，他們卻不為所動。看來這招對他們沒用。
（……他們大概沒見過紅爐小姐吧。情報也遭到隔絕，沒有聽說過傳聞。）
名符其實的紫蟻的祕密武器。
守護王者的九名猛將——
「……妳退下。」
克勞斯悄聲催促緹雅躲到自己身後。
既然自己的「聲音」不管用，自己就只會礙手礙腳。儘管不甘心，緹雅還是乖乖退到空中庭院的出入口。

紫蟻彈響手指。

以彈指聲作為信號，九名「將軍蟻」一齊撲向克勞斯。有的手握刀子、有的舉著細劍，他們各自手持凶器，將克勞斯團團包圍。

「──！」

克勞斯先以刀子擋開女性揮向自己的細劍，接著用手槍的握把末端敲向她的脖子。可是他卻在前一刻停止攻擊，跳向一旁。子彈飛向他的腳邊，被擊碎的混凝土飛濺。在和他有一小段距離的地方，年約四十的男性手持衝鋒槍。

克勞斯逃離瞄準線之後，兩名少年同時揮舞長劍，撲上前來。

會被砍中──

緹雅已做好這樣的心理準備，然而他又在千鈞一髮之際退向後方。

某樣東西在庭院裡飛舞。那是克勞斯的衣服碎片。

面對這樣的結果，紫蟻滿意地點頭。

「……我聽說了喔。你在共和國放走了我們家的白蜘蛛。」

「…………」

克勞斯看著自己的衣袖，一言不發。

紫蟻在底座上悠哉地說。

「理由很簡單。因為你沒有蜘蛛的情報，而蜘蛛對你的成長經歷、強項、弱點，甚至是攻略方法都瞭若指掌。」

「似乎是如此呢。」

「情報外洩的間諜沒有勝算。」

紫蟻語畢的同時，「將軍蟻」再次發動攻擊。

完美的合作默契。一人伸刀揮砍，子彈便從其腋下鑽也似的飛過來；另外一人阻擋克勞斯的低踢，長劍則從其頭頂上方揮落。

簡直宛如一個生命體。

十八隻眼睛和十八隻手靈活自如地行動，同時進行攻擊和防禦。

他們不知花費了多少時間在鍛鍊上，那不是一朝一夕就能辦到的。一萬小時、兩萬小時，那是天才犧牲奉獻整個人生才總算能夠達到的境界，而使其實現的是——紫蟻的支配。

可是，儘管如此緹雅還是不敢相信。

（老師被壓制住了……？）

以無與倫比的強大格鬥技術為傲的克勞斯，始終採取守勢。

緹雅心中原本抱著沒有根據的期待。心想如果是老師，不管是九對一，甚至是一百對一，他也絕對不會屈服。

所以，她實在無法接受眼前的景象。

到底是為什麼——

「啊，果然跟情報所說的一樣呢。」

正當緹雅感到困惑時，紫蟻開口了。

語氣中流露出優越感。

「你很擔心同伴對吧？因為她們現在可能正遭到殺害。」

「——！」

緹雅張口結舌。

她原以為那只是虛張聲勢。

可是觀察克勞斯的動作，感覺卻不如平時那麼有生氣。面對「將軍蟻」合作無間的攻擊，他始終只有防禦一途。

臉上還冒出了汗水。

超一流的間諜——動搖了？

眼見克勞斯的表現與能力產生出入，緹雅眉頭緊蹙。

「我有聽說，你以前很巧地也被稱為王者。」

紫蟻繼續挑釁。

在此同時，「將軍蟻」持續對克勞斯展開猛攻。
「出生在因戰爭而荒廢的貧民窟，沒有父母也沒有名字的戰爭孤兒，只能靠著從幫派那裡搶奪食物來抵禦飢餓。因為能力太強，結果被周圍的人厭惡排斥，只好一人孤零零地生活在垃圾堆裡的小孩。其他人為他取了一個綽號叫做『垃圾王』。」
「…………」
「後來他被間諜撿到，人生因此第一次有了同伴。這本來是件可喜可賀的事情，可是卻讓他產生明確的弱點——他把同伴當成『家人』一般深愛著。」
紫蟻對克勞斯投以憐憫的眼神。
「失去同伴這件事——在你心中留下陰影了對吧？」
就在這時。
一名「將軍蟻」鑽過克勞斯的防禦漏洞，衝到他跟前，朝他的側腹揮出一記猛拳。
克勞斯將身體一扭，雖然好像減輕了衝擊力道，但臉上仍露出苦悶的表情。
這是緹雅初次見到——克勞斯遭受攻擊的瞬間。
他立刻就朝敵人一踢，拉開距離。
「將軍蟻」一度停止攻擊。他們感應到情勢對自己有利，態度顯得十分從容，就像機械一樣面無表情地重新整隊，感覺無懈可擊。

「你不應該再次召集同伴的。」

紫蟻說。

「你應該要活得像一名王者。只要領導用完即扔的奴隸——這樣你就不會變弱了。」

紫蟻坐在底座上，動也不動。

只是用嗜虐的眼神，注視著神情憔悴的克勞斯。

「老師……」

緹雅回想起與他的初次邂逅。第一次在陽炎宮和他見面時，他的眼神是那麼地落寞，宛如冰凍了一般。空閒時，他總會佇立在名為「家人」的那幅畫前。

——失去同伴，持續與孤獨奮戰的間諜。

可是，他成立了「燈火」。決定以老大、教官的身分，讓少女們成為自己的同伴。老師和學生雙方都克服種種辛勞、勤奮訓練，最終達成不可能的任務。

那些日子，確實帶給了少女們莫大的恩惠。

但是究竟帶給克勞斯本人什麼呢？

「我勸你不如放棄吧。」

紫蟻宣告。

「即使是萬全狀態的你，也贏不了『將軍蟻』。更遑論是處在心緒迷茫的狀態下了。」

極其不利的狀況，阻擋在克勞斯的眼前。
情報單方面地外流，讓紫蟻得以以萬全狀態來迎戰克勞斯。
在惴惴不安的緹雅視線前方，克勞斯拍了拍身上的衣服。
「……你可真愛發表高見啊。」
他一副泰然自若的態度。
儘管被九名強敵包圍，態度依舊落落大方。
「抱歉在你講了這一大串後這麼說，不過你完全搞錯了。我從剛才開始就好失望啊，實在是太無聊了。」
「無聊？你在說什麼？」
紫蟻疑惑地蹙起眉頭。
克勞斯深深嘆了口氣。
「我就坦白說吧。我感到厭煩了。」
「嗄？」
「『九隻將軍蟻』這個名稱聽起來煞有其事，實際上做的事情卻是同一種模式。都是靠著數量逼迫強者服從，然後納為自己人。真是乏味透頂。」
「…………」

紫蟻整個人僵住，說不出話來。

克勞斯說得確實沒錯。

儘管相當強大，但是紫蟻的特技就只有一個。就是支配他人，然後命令他們攻擊。雖然就是因為簡單所以強大，可是也就僅此而已。

（這是突破口……？）

正當緹雅在揣測克勞斯的真正想法時，他冷冷地吐出一句話。

「好幾百名部下都只能照你一人的意思行動，這樣的王國簡直無聊透了。」

那是他曾經說過的話。不對，應該是紅爐的遺訓才對。

——同伴之間的分歧是團隊的關鍵。

這時，克勞斯回過頭。

「妳也這麼覺得吧，緹雅？」

「……！」

突然這麼對她問道。

頓了一拍，緹雅總算明白他的意思了。

「……是啊，沒有錯。沒有比這更容易操控的了。」她微笑著回答。

紫蟻一臉煩躁地按住眼頭。

「我是不曉得你們在胡說八道些什麼……」
接著他彈響手指。
「不過你們就把那當成死前的遺言吧——【挾持那個女人】。」
聽了他的話，「將軍蟻」再次出動。
模式改變了。七人撲向克勞斯，其餘兩人則是鎖定在出入口觀戰的緹雅。雙胞胎少年手持長劍，襲向緹雅。
緹雅當然無力對抗，克勞斯也來不及救援。
可是就在這時，某人的腳步聲傳入緹雅耳裡。那人沿著階梯跑上來。
「我想老師大概不會喜歡吧。」
在長劍逼近喉嚨的前一刻，緹雅說道。
「——不會喜歡讓那男人成為同伴的選項。」
終於抵達了。
緹雅最強的保鑣。
「聽我的指令。」她在臉上泛起嬌媚的微笑。「【保護我】。」
雙胞胎「將軍蟻」二人同時停止動作。
一名男子出現在緹雅面前。他伸出雙臂，掐住兩名「將軍蟻」的脖子，用過瘦的手臂吊起兩名少年。

「辛苦了。」緹雅投以微笑。「你還挺厲害的嘛。」

「謝謝誇獎。」羅蘭回答。

他豪邁地將敵人一扔，撞上噴水池的雕像。

「——！」

紫蟻一臉錯愕。

可是，他應該已經察覺到了才對。察覺克勞斯何以查明紫蟻的祕密基地。

以及紅爐留下的另一個暗示。

「你認識他對吧？」

緹雅用手指由下而上地輕撫羅蘭的下顎。

「他是親眼目睹紅爐死去的——你的愛犬喔。」

◇◇◇

往前回溯一小時——

「妳真的很蠢耶，居然這麼容易就被騙。」

獲得釋放的羅蘭勒住緹雅的脖子。一邊感受手指深陷的感覺，緹雅一邊做出某個推測。

同伴冒著生命危險收集來的情報——米塔里歐的英雄。

消息來源只有一人。活在與紫蟻的「工蟻」有關的世界裡，並且知曉與緹雅之間的約定。那人除了紅爐外不做他人之想。

她據說是死於「蛇」之手。因此，推測她是在米塔里歐遭紫蟻殺害應該很合理。然後，她在臨死之前，對紫蟻的「工蟻」下了暗示。

可是她所植入的暗示，就只有英雄的傳聞嗎——？

（不對……還有一個人，一個舉止古怪的關係人……）

早在任務開始之前，緹雅就發覺他和紫蟻有交集了。

仔細想想，克勞斯一直都對他不自然的行動抱持疑問。

（被某人灌輸「克勞斯有資格成為你的競爭對手」這個天大謊言的男人……）

原來如此，緹雅明白了。一切都在紅爐的掌控之中。

自己的死，克勞斯會重新成立間諜團隊、找到緹雅，然後聽信謊言的羅蘭有一天會向克勞斯挑戰並且失敗，以及羅蘭會吐露情報，克勞斯和緹雅會向紫蟻宣戰——這些她全都預料到了。

這樣的命運還不壞。傳說中的間諜所留下的最後計畫。

所以，緹雅擠出聲音。

「——你不記得我的聲音嗎？」

羅蘭霎時停止動作。

雖然只是偶然，不過緹雅從未在他面前清楚發出過聲音。她一直很害怕，連和羅蘭對話也辦不到。所以，他應該對緹雅的聲音沒印象才對。

緹雅決定利用這一點。

緹雅知道他的弱點。大意，而且驕傲。當確信自己會獲勝時，他便會露出大破綻。因此，必須一度解開他的束縛才行。即使這是一場危險的賭注。

「【停止】。」

她發出紅爐的聲音。

羅蘭明顯變得慌張。他總算露出破綻了。

緹雅逃離他的手臂，反過來抓住他的臉、逼近他。在像是要接吻的距離下攫住他的臉，讓視線交疊。

「代號『夢語』——迷惑摧毀的時間到了。」

做出宣言，緹雅與他互相凝視。

讀取願望。她將最凶殘刺客心中懷抱、渴望的一切，刻入自己腦中。利用紅爐所挖掘出來的技能，揭發他的內心。

「……！妳這女人！」

羅蘭擺脫身體的僵硬，將緹雅推開。

緹雅連忙伸手扶牆，以免掉出窗外。接著她將身體朝旁邊一個翻轉，和他拉開距離。

緹雅烏亮的頭髮隨之飛揚。

「原來是這樣啊……紅爐小姐死的時候，你果然在場。」

從他心中讀取到的訊息是紅爐的遺言。

他果然受到了紅爐的強烈暗示。

「……那又如何？」

羅蘭彈響手指。

「妳將死在這裡的現實不會改變。我只要殺了妳就好。」

他渾身散發出令肌膚刺痛的殺氣。

這份威嚇感曾令緹雅數度為之顫抖。無論是初次相遇時，還是在牢房見面時，她都什麼也做不了，只能讓同伴保護自己。

可是，現在的緹雅不一樣。熾熱的火焰在她心中熊熊燃燒。

「我問你，你殺了我要做什麼？」

即使只有一瞬間，只要羅蘭拿出真本事，緹雅必死無疑，誰也不會來救她。

在這種情況下，緹雅露出嬌媚的笑容。

「你可以告訴我嗎？你殺了我要做什麼？」

「那種事情——」

「噢，我知道了，你想獲得紫蟻的稱讚對吧？這一點很重要呢，因為這樣就不會受到懲罰了嘛。」

「……！」

羅蘭面紅耳赤，一副被人說中的樣子。

緹雅將手指抵在唇邊，淺淺一笑。

「你們的主僕關係還真好呢。你是不是會一邊說『我很努力了，請不要打我』，一邊舔他的腳？哎呀，你還真的舔過啊？你這條愛犬真乖巧啊。」

「妳……不對，妳這女人……」

他連指尖也泛紅的拳頭開始顫抖。

「……妳好大的膽子，我一定要讓妳死得很難看——」

「我一直覺得奇怪，像你這種被老師秒殺的小咖，到底有什麼資格耍帥。而且，你還是個對紫蟻百般諂媚的窩囊廢。」

緹雅冷冷地注視著他。

「因為你好像沒有自覺，我就好心說明你的本質吧。」

語畢，她用食指指著羅蘭，像在一字一句中填入子彈似的說道。

「你是個只會欺壓弱女子的傲慢自戀狂，對上級阿諛奉承，還像狗一樣被人用變態的ＳＭ遊戲調教；明明不是真正的強者卻唯獨自尊心很高，實際上只是稍微擅長對付小咖，老土又不起眼的愚蠢殺人犯。」

「少囉嗦……」

「殺死我？我再問你一次，你殺了我要做什麼？你要再回去當紫蟻的愛犬嗎？想必你會乖乖聽他的指令到世界各國殺人，繼續過著無聊的生活，然後有一天遭人反擊，丟了性命吧。啊哈哈，我沒說錯吧？因為你這個人根本就沒有多強。」

「吵死了…………妳這傢伙懂個屁…………」

「少在那邊亂吠了。你不過是條不敢違抗主人，連接受無趣人生的膽量都沒有的狗，給我閉上你的臭嘴。」

緹雅不容分說地繼續嘲笑。

羅蘭紅著臉，不住發抖。眼神像是陷入恐慌一般游移不定。

可是，緹雅毫不留情。

否定人格，否定人生，否定他的存在。

必須破壞紫蟻的支配才行。單憑柔情勸說這招是行不通的。唯有和他正面交鋒，才有辦法成功。

她正在做的事情其實和紫蟻一樣，只是將暴力替換成了辱罵。是精神上的凌虐。

但是，緹雅和只是逼迫對方屈服的紫蟻不同。

「就是因為這樣，所以你感到雀躍對吧？」

她直截了當地問。

「紅爐小姐——傳說中的間諜做出的『克勞斯能夠填滿你的心』的擔保，讓你有種命中注定的感覺對吧？競爭對手的出現，讓你很開心對不對？」

「…………」

「你分明也很想改變這樣的自己。」

第一次遇見他時，他不停地怨嘆「無聊」，像在詛咒自己一樣。

因為他已經對紫蟻的支配感到厭倦了。

「你當初為什麼要救奧莉維亞小姐？」

緹雅再次說出自己所知的情報。

那是葛蕾特抓到的，扮成女僕的羅蘭的徒弟。她也被關在監獄裡，吐出了所有情報。據說她過去從事的是色情行業。

他將我從無聊的日子中解放——身為徒弟，她是這麼看待與羅蘭的相遇。

「你真的只是把她當成一顆好用的棋子嗎？難道不是因為對她的遭遇產生共鳴？不是因為在她身上看到自己的影子，才想要解放她嗎？」

「……！」

「假使你倒戈投靠共和國，想必也能拯救遭到囚禁的奧莉維亞小姐吧。」

投注全副心力去面對他。

運用至今聽聞的所有情報去說服他。

盈滿內心的是使命感。緹雅真切感受到，這才是自己被賦予的職責。

從前，她以成為「連敵人也拯救的英雄」為目標卻失敗了。天真的善心遭人利用，還做出幫助敵人逃走的失態之舉。整個人受到嚴重的打擊。

緹雅錯了。身為間諜，拯救敵人的方法不是放走敵人。

——而是讓敵人叛變。只要讓敵人成為自己人就好！

否定、吸引、魅惑對方。這才是「夢語」應該貫徹的道路。

「如果是這樣……」

不久，羅蘭神情愁苦地開口。

「……那妳能夠做什麼？」

「我可以解放你。能夠讀心的我，會幫助你逃離紫蟻的支配。」

應該已經刻劃在他心上了。

——黑髮少女英雄會拯救自己的這個暗示。

只要解放他的那份慾望就好。能夠辦到這一點的無疑正是自己。

「但如果你是想聽別句話，這個嘛……我可以讓你屬於我喔？」

緹雅朝羅蘭的身體輕輕一推。

他彷彿沒了骨頭似的，輕易就跌坐在地，一臉茫然地仰望著緹雅。

緹雅坐在床上，脫掉腳上的鞋子。

「在你的新主人面前跪下。」

緹雅用自己白皙的裸足，撫摸羅蘭的下顎。
他的口中吐出炙熱的氣息。
「和你美麗的主人一起做些舒服無比的事情吧。」
沒一會兒，羅蘭便深陷在那副微笑之中。

◇◇◇

威斯波特大樓八樓的空中庭院——
「我一直都很想試試看自己能夠打倒多少『工蟻』。」
羅蘭喀嘰喀嘰地扭動脖子，這麼說。
「看樣子，我也沒有那麼沒用嘛。我整整打倒了十二名，雖然特地不殺死他們這個部分讓我有點辛苦就是了。這個數字，應該有資格和他國的諜報機關競爭。」
紫蟻冷冷地看著他，他卻感覺毫不在意。他應該本來就是個大膽的人吧，他把緹雅的手槍拿在手裡把弄。

「燎火，你放心吧，我把小鬼們救出來了。」

趁著「工蟻」因闖入者的出現而一度退縮，他以親暱的口吻這麼對克勞斯說。

克勞斯的態度遲疑。

他肯定其實對此事感到不滿，但是又不能不感謝羅蘭。

就在緹雅望著兩人時，身後出現了新的人影。

「嗨，妳總算做了件有用的事情了。」

是莫妮卡。與同伴的重逢，讓緹雅放下心中一塊大石。

「太好了，妳還活著。」

「所有成員全都平安無事啦。克勞斯先生救了百合和安妮特，而屍男救了席薇亞和愛爾娜。

然後——」

語氣淡然地說到一半，莫妮卡突然冒出青筋，一把揪住緹雅的衣領。

「妳這傢伙，為什麼只有在下的負擔特別大？趕來救援的居然是變裝的葛蕾特，妳是不是瞧不起在下？在下差點就要當場發火了。」

「呃，可是妳不是還活著嗎……」

「那是因為在下超級努力！」

「再、再說，這個人員配置方式是葛蕾特的主意……」

「妳明明才是指揮官。」

總之，少女們似乎在沒有死傷者的情況下，安然度過了紫蟻在三處同時引發的危機。

其中最令人擔憂的是莫妮卡和莎拉兩人，不過葛蕾特好像很努力奮戰。大概是變裝成克勞斯的葛蕾特誘使對手心生動搖之後，莫妮卡出奇不意地撂倒了敵人吧。

多虧她和羅蘭的努力，所有成員都存活了下來。度過危機的少女們皆已聚集在室外樓梯上，為了防止目標紫蟻逃跑而封鎖退路。

「不過咱們也只是勉強逃跑而已啦，並沒有打倒敵人。妳可要好好感謝在下是個天才。」

「是、是的，我會這麼做的。」

「而且，咱們也沒法再多做些什麼了。任務的成敗——」

莫妮卡望向克勞斯等人。

「全都維繫在那兩人身上。」

在視線前方的，是身處少女們所無法企及之境界的兩名間諜的背影。

「燎火」克勞斯。

「潭水」羅蘭。

儘管這是緹雅自己引導出來的結果，此情此景依舊令人震懾，而且沒有緹雅等人插手的餘地。

「……羅蘭，你幫忙救了我的部下，我要向你道謝。」

「嗯嗯？你怎麼不坦率一點，直接說『謝謝』呢？假使我沒有叛變，你根本連紫蟻的藏身之處都找不到吧？」

「只是背叛了的男人少在那邊得意忘形。」

互相鬥嘴，並肩而立的兩人。

在他們前方，是被九名手下包圍、眼角抽搐的紫蟻。他正一臉不悅地，用指甲猛撓身旁的「將軍蟻」少年的背部。

「但是……」克勞斯開口。「有件事我要先說，你──」

「你什麼都不必說。」羅蘭打斷他。「這就像是我人生的分界線。」

「……？」緹雅無法理解兩人的對話是什麼意思。

克勞斯也不再說下去，只是定睛看著紫蟻。

「…………………………………………」

彷彿在彼此揣測對方實力的寂靜。

緹雅不由得屏住呼吸。承受不了緊張感的她感覺都快貧血了，但她還是拚命忍耐。

一旁，莫妮卡露出認真嚴肅的眼神，渾身散發出一瞬間也不肯錯過的氣勢。她大概想要觀摩學習吧。畢竟就純粹的廝殺而言，如今上演的無疑是最頂尖的間諜之戰。

率先採取行動的是紫蟻。

他倏地站起身，將手指向克勞斯兩人。

「【各位】——」

紫蟻的說話聲響起。

「——【先殺了叛徒】。」

九名「將軍蟻」同時出動。他們前往的目標，是手持手槍的羅蘭。

遭到無視的克勞斯對「將軍蟻」開槍。九名之中，有兩人的肩頭被射穿，但是他們毫不退怯，依舊合作無間。受傷的兩人也加入了攻擊羅蘭的行列。

細劍、長劍、步槍齊出的連續攻擊，襲向削瘦的男子。

他也用向緹雅借來的手槍回擊。

「咦……」

緹雅驚呼。

下個瞬間，她見到令人啞然無語的景象。

從結論來說——羅蘭根本不是他們的對手。

羅蘭雖然以他擅長的超快速連續射擊，打傷了率先撲過來的男人，卻沒能對從旁邊挺出細劍的女性做出反應。他的手臂被刺穿，接著在他畏怯之際，子彈又射穿了他的腹部。

像是要給予他致命一擊般，手持長劍的雙胞胎襲向他，從左右同時砍傷他的雙腿。

「羅蘭先生……？」

一看便知，他身受重傷。

「將軍蟻」對全身鮮血狂噴的羅蘭一踢，再次重整隊形。

緹雅急忙跑過去，然而他已經無法動彈了。尤其被子彈貫穿的腹部傷勢特別嚴重。緹雅雖然幫忙做了急救措施，也不知道能否保住他的性命。

「這就是違逆王者之人應得的下場。」

紫蟻語氣冷酷地說。

「像他那種貨色，怎麼可能是『將軍蟻』的對手呢？」

「……！」

再次被迫體悟到一個事實。

對方擁有連羅蘭這般有實力的人，也能將其瞬間擊敗的實力。之前與其交鋒的克勞斯是異類，即使是擁有優異格鬥術的男人也不是他們的對手。

如今能夠與敵人對抗的，就只剩下克勞斯一人——

「我承認，這次事情確實多少和我計劃的不同。你們的確有一套。不過，一切都還在我預料的範圍之內，我的勝利是無可動搖的。」

紫蟻用電擊棒電擊受傷的「將軍蟻」。

哀號聲響起，空氣中飄散著肉燒焦的氣味。他用電擊棒燒灼了傷口。

依序進行如此粗暴的急救措施後，他神情愉悅地繼續解說。

「克勞斯，你的師父洩漏了情報，而蜘蛛已經幫忙確認那些情報正確無誤了。就算你處於萬全狀態，你也絕對贏不了『將軍蟻』。」

「…………」克勞斯沉默以對。

「王者不認可叛徒。包括躲起來的小鬼們，我要把你們全都殺了。」

一言不發的克勞斯雙眼望著的，是倒臥在地的羅蘭。緹雅雖然拚命替他療傷，卻遲遲止不住血。

沒一會兒，克勞斯將視線移回紫蟻身上。

「我可以問你一個問題嗎？」

他目不轉睛地盯著紫蟻。

「我討厭這個屁男。即使是被人命令，他也殺了太多不相干的人。而且他本人也是對這個下場做好了心理準備，才來對抗你，所以一點都不值得同情。」

「是啊，我也這麼認為。」

「但就算如此，他不也曾經是你的同伴嗎？」

「他就只是我的一個奴隸啊？」

「這樣啊。你這個對手果然讓我非常地討厭。」

克勞斯開始往前走，在此同時，九名「將軍蟻」也出動了。

克勞斯好像是為了避免緹雅等人受到牽連，才會移動場所。可能是想要讓克勞斯慌張吧，一名「將軍蟻」朝緹雅開槍，但是子彈被莫妮卡彈開了。

對方似乎也理解到繼續牽制是白費功夫。

克勞斯與「將軍蟻」展開激戰。

「將軍蟻」儘管多少受了傷，彼此依舊合作無間。從細劍與長劍的配合，到抓住空檔釋出的槍擊；每次克勞斯揮舞刀子，就會被負責防禦的人的盾牌彈開。

羅蘭連三秒鐘都撐不了。

並不是他太弱，是「將軍蟻」太強了。

克勞斯已經戰鬥長達一分鐘以上，可是，他也開始氣喘吁吁了。可能是來到這裡之前，連續和七十三名「將軍蟻」交手造成的疲勞吧。

慢慢地——雖然是慢慢地，但是克勞斯開始受到壓制了。

緹雅只能在一旁聲援。

用眼神為他加油。在視野一隅，其他少女們也正在觀看這場戰鬥。她們握緊拳頭，投以熾熱的目光。她們也很希望引導自己成長的教官，能夠獲得勝利。
可是和少女們的祈禱相反，克勞斯大大地後退了。
鮮血流過他的臉頰。
「我不是說過好幾次嗎？」紫蟻說。「我知道關於你的情報。」
「……」克勞斯拭去鮮血。
紫蟻彈響手指。
「縱使你使出全力，也是打不倒『將軍蟻』的——【殺了他】。」
那大概是最終命令吧。
九名「將軍蟻」從四面八方同時撲上前。無論是負責射擊的人，還是負責防禦的人，所有人都轉換成攻擊模式。
默契十足。
試圖從克勞斯的右邊，在極近距離下射擊衝鋒槍的老人；來自正面，手持長劍的雙胞胎少年；舉著盾牌，從左邊襲來的男性；企圖以細劍從背後刺穿的女性。像是填補縫隙一般，刺槍、刀子等凶器將克勞斯團團包圍。
「這樣啊。對了，我問你——」
說話聲傳來。

那是少女們反覆聽過許多次的話。

「——我該陪你玩這場遊戲到什麼時候？」

彷彿看穿「將軍蟻」的所有攻勢般，他在千鈞一髮之際閃避——然後動了腳。

氣體噴出的聲音響起。某樣裝置在他的腳下啟動。

克勞斯用手帕摀住口鼻。

「將軍蟻」們失去平衡。一如他們默契十足的合作——九人全員同時呼吸，吸入了那個氣體。

「毒氣……」

紫蟻的語氣錯愕。

「沒有情報顯示你會使用那種東西——」

緹雅曾經見過那個。

那是百合一直以來所使用的毒氣。在比她更完美的時機點，被無懈可擊地運用的麻痺毒氣，使得敵人的行動變得遲緩。

——隨後見到的景象令緹雅難忘。

那是發生在不到一秒鐘，僅僅只是零點幾秒內的事情。
自詡為世界最強的男人所展現的全力。
他往前踏步，然後下個瞬間就移動了約莫一公尺。
六名「將軍蟻」飛了出去。
簡直就像無形的炸彈爆炸了般，包圍克勞斯的人們猶如紙片浮上空中，然後重摔在地。
緹雅總算明白自己誤會了。
打從一開始，他就沒有陷入苦戰。他掛心同伴的安危應該是事實，也或許真的因此影響到了表現。可是，那仍在誤差範圍之內。他早就想到要如何打倒他們了。
他之前只是在推敲噴射毒氣的時機點。
看似虛弱的模樣也純屬演技。
「我來指正你的誤解吧。」
克勞斯的聲音傳來。
「師父的背叛使得我的情報外流——這一點固然正確，不過那已經是半年前的事情了。過了這麼久的時間，我當然也會有所成長。」

「可、可是……」

紫蟻一副無法接受地說。

「……你上個月——」

「是啊，我放走了白蜘蛛。這一點也沒有錯，所以我不會否認。但如果要我替自己找一個那麼做的藉口，就是當時我的狀況非常不好，因為我連續工作超過五百天。」

不對，那不是藉口。

葛蕾特敏銳地察覺到他的狀況不佳。達成在帝國的生化武器奪回任務後，之後的兩星期休假他也去執行任務，整個人疲憊不堪，但是他隨即又馬不停蹄地去執行「屍」的暗殺任務。不僅如此，在那之後他還為了尋找失蹤的少女們四處奔走。

他在遇見白蜘蛛時，一定正處於極度疲勞的狀態。

「沒錯，白蜘蛛誤會了。他看到狀況極差的我，以為半年前的情報正確無誤。」

克勞斯說道。

「但是很遺憾的，我現在變得遠比半年前更強了。」

克勞斯再次往前踏步後，剩下的三名「將軍蟻」飛了出去。

移動與攻擊。儘管就只是那樣的技術，但是在克勞斯的速度下，敵人看起來就像是被無形的炸彈炸飛。

超群的戰鬥技術，自詡為世界最強的力量。那便是克勞斯的本質——緹雅從前是這麼以為的。

緹雅茫然地思索。

（他的本質是「成長」……？）

光憑感覺便習得所有技術的天才。

她不禁戰慄。

（……我們好幾度對他使出所有技術……也嘗試過各種情境，以費盡心思想出來的計畫去挑戰他……假使老師本身也在過程中受到鍛鍊呢？）

少女們的實力當然算不上優秀。但是，少女們各自擁有不輸任何人的特技，而她們運用那份特技展開的襲擊絕不平庸。

預想會在何時何地遇襲。

預測運用各種手法的陷阱。

並且，他就近觀察了少女們的特技。

——對擁有超凡才能的人而言，那些日子有何意義呢？

「好了……」克勞斯甩甩手。「你做好心理準備了嗎，紫蟻？」

對紫蟻投以冷酷的目光。

如今已經沒有人能夠保護紫蟻了。不管他再怎麼下令，也不會有人起身。

然後，紫蟻自己一對一迎戰，很顯然是贏不了克勞斯的。

勝負已然揭曉。

退路已經被少女們堵住了。沒有手下的他根本不足為懼。

紫蟻似乎也察覺到狀況了。他開始向後退，背部卻馬上就撞上女神像的底座。涔涔汗水從他的臉上滑落。

「請救救我。」

好沒出息的語氣。

「妳不是要幫助敵人嗎？妳可以幫我說服這個男人嗎？」

緹雅知道那句話是對自己說的。

紫蟻的表情窩囊得像在乞求一般，一點都不像自稱王者的男人。王者一旦沒了臣子，也不過是個普通人罷了。

「我也知道什麼人該救，什麼人不該救。」

緹雅直言不諱地說。

答案很清楚，這個男人不值得救。他的本性墮落至極，已經無法對他有任何一絲期望。

「你就像是一場災難。連稱呼你為敵人，都讓人感到無比厭惡。」

克勞斯朝紫蟻走去，同時從胸前口袋取出子彈。那是紅爐的遺物。他用力握緊那個，拉近和面色鐵青的紫蟻之間的距離。

緹雅宣布這場戰鬥的結果。

「——就憑你，根本不配當我們的敵人。」

克勞斯用緊握紅爐的子彈的拳頭，痛毆紫蟻的臉孔。

紫蟻甚至沒能發出哀號，便失去意識。自這一刻起，米塔里歐之王就此垮台。

關於米塔里歐這件任務的後續處理。

「燈火」賭上性命盡力達成的結果令人滿意，然而還是存在著犧牲。

那項損失，在克勞斯束縛昏厥的紫蟻時發生。

殺氣傳來，子彈從黑夜中飛了過來。那不是普通的鉛彈，是步槍子彈。即使是克勞斯，也得竭盡全力方能避開子彈。然後，那種感覺讓他回憶起某個人。

——殺死師父基德的狙擊手。

為了保守祕密，不惜殺害同胞的間諜作風。

子彈連續飛來兩發。

第一發被克勞斯彈開。他不能讓好不容易抓到的紫蟻死去。

可是，第二發擊中了意想不到的人物的右腿。

「羅蘭先生！」

因與紫蟻作戰而受傷的他沒能逃開。

緹雅發出尖叫。她被莫妮卡抓著衣服，指示她躲進隱蔽處。

光憑肉眼無法看見狙擊手的身影。對方似乎是從遠距離外連續射擊，並且準確地命中目標。

克勞斯對那份實力心裡有數。

紫蟻的胸前響起蜂鳴聲。好像是無線電機。

克勞斯將其貼在耳朵上，熟悉的說話聲隨即傳來。

『你這個怪物真教人傻眼耶。』

是白蜘蛛。他是「蛇」的一員。

『沒想到你居然活捉了紫蟻大哥，實在太嚇人了啦。』

「你也來了啊。要現在再打一戰嗎？」

『……我真的拜託你，改一下那種好戰的態度好不好？我才不要哩，我會沒命的。』

白蜘蛛的輕佻態度實在惹人厭。

可是，現在處境堪慮的人是克勞斯。

「我們抓到了紫蟻。只要從他身上逼問出情報，就能掌握住你們的全貌。」

『他不會吐露情報的啦。紫蟻大哥不是那麼軟弱的間諜。』

「這可難說了。」

『總之，你好好加油吧。多虧你忙著對付大哥，我才能夠任意行動。託大哥努力奮戰的福，我也達成我的目的了。』

白蜘蛛好像一直在托爾法經濟會議上從事間諜活動。但是克勞斯沒能去追蹤其活動內容是什麼，因為他的時間都用在對付紫蟻派來的「工蟻」上了。

『——這次就算你贏了。』

白蜘蛛說。

『不過，下次我會殺了你。看在我們「蛇」眼裡，你這傢伙真的非常礙事。我決定放棄憑蠻力硬幹的做法，我要確實地、仔細地、周詳地構思計畫讓你上鉤。』

「滿口殺殺殺的，你還真幼稚啊。你就不能改改那種沒用的個性嗎？」

『少囉嗦，那是我的人設啦。』

「……你們的目的是什麼？你們應該不只是侍奉帝國的間諜吧？」

『你為什麼會這麼想？』

「我的師父不可能會向那種人倒戈。」

無線電的另一頭，傳來白蜘蛛的笑聲。

『你去問紫蟻大哥吧。如果你問得出來的話。』

「…………」

『硬要說的話——就是均衡。』

無線電切斷了。原先那股刺痛肌膚的殺氣消失，白蜘蛛似乎已經離開了。

無法揣測的對手。他總是一副很沒用地，在克勞斯面前展現自己的怯懦。才剛做出強硬的發言，旋即拋下意味深長的話離開。完全無法分辨他是強是弱，就只對他留下難以捉摸的印象。

「羅蘭先生！」

狙擊手的氣息消失後，躲在隱蔽處的緹雅衝了出來。

他好像還活著。可是右腿受了重傷，臉色一片慘白。兩眼無神，已經失去了光芒。

少女們圍繞著羅蘭。

「我……」席薇亞跪在他的身邊。「被這傢伙救了。就在我和愛爾娜快要被殺死的時候。」

「…………………」克勞斯以平靜的眼神旁觀。

緹雅正拚命試圖拯救他的生命。她撕破自己的衣服，試著為羅蘭止血。她大概還是想要拯救二度企圖殺害自己的敵人。

「緹雅。」克勞斯對她說。「夠了，他已經沒救了。」

葛蕾特觸碰緹雅的手，要她停止急救。緹雅咬著嘴唇，將手從他的身體收回。

當克勞斯站到他身旁時，羅蘭的眼眸微微動了一下。

「燎火……」

他的聲音已經微弱到很難聽見。

克勞斯「什麼事？」地反問。

「告訴我，你覺得我配當你的競爭對手嗎？」

「…………………」

克勞斯很清楚羅蘭希望聽到什麼樣的答案。然後，他也知道其他少女們希望自己說出那個答案。

可是，克勞斯卻說出不符合他們期待的回答。

「一點都不配。」

「……這樣啊。」

「你不要期待我會安慰你。你的任何願望都不會實現，因為你受命殺死太多人了。不留下姓名、不與任何人建立特殊關係的你，將不名譽地迎接死亡。只要想起你過去殺死的那些無辜百姓，會有這樣的下場是理所當然。」

他救了少女們的性命是事實。可是，光憑那一點無法將過去的一切一筆勾銷，他不可能因此獲得原諒。

「不過——」克勞斯補充。

「即使是那樣的你，我想還是值得擁有被我們送終這種程度的幸福。」

「……這樣啊，這樣或許比較好。雖然只是一瞬間，也許是滑稽的一刻，不過能夠和你一起作戰的感覺還不賴。」

羅蘭朝半空中伸手。

「……緹雅……謝謝，妳救了我…………」

緹雅用雙手握住他無力伸出的手。

就在她觸碰到的瞬間，羅蘭頓失力氣，停止呼吸。

克勞斯為他獻上默禱。

本來，這個男人應該要死得更加淒慘的，因為他犯下了滔天大罪。在不見天日的監牢裡，遭受嚴刑拷問後喪命；或是在紫蟻的命令下自殺——那才是他身為間諜應有的下場。

若真如此，那麼這樣的離世方式算得上是快樂結局嗎？

葛蕾特輕輕地用刀子割下他的衣領，大概是想當作遺物吧。那名愛慕羅蘭的女性，如今仍被監禁在迪恩共和國的監牢裡。

安妮特在他的身上潑灑汽油，接著緹雅點火。

「永別了，羅蘭先生。」

成員們默默看著熊熊火焰燃燒著遺體。

◇◇◇

結束米塔里歐的激戰僅僅兩小時後，克勞斯站在碼頭上。這裡是穆札亞合眾國和其他大陸相連的大門。即使已是深夜，客輪和貨船依舊不間斷地進出港口。

在他身旁，擺著一個巨大的樂器盒。那本來是收納大提琴的盒子，但是現在裝的是昏倒的紫蟻。

他與人有約。

半夜三點，對方現身了。

那是一名戴著圓框眼鏡的黑人男性。不知為何，他身上穿著像是宗教家的神父服。頭髮大半都是白髮，透露了他的年齡。

他小聲地詢問：「你在這裡做什麼？」克勞斯則簡短回答：「砂糖甜點。」這番雞同鴨講的對話，是用來確認本人的暗號。

「……你就是『燎火』吧？」他點頭說。「我是ＪＪＪ的使者。這個嘛，請你稱呼我『矯正(correct)』。」

「原來如此，矯正。」

「我老早就聽過你的傳聞了，聽說你是迪恩共和國最優秀的間諜。」

「不過間諜成為傳聞主角，實在不是個有趣的笑話。」

聽到克勞斯如此回應，矯正像在憋笑似的笑出來。

ＪＪＪ是穆札亞合眾國的情報機關，一手承攬廣大合眾國的諜報和防諜工作。為了監視加爾迦多帝國，他們表面上和迪恩共和國的對外情報室之間保持著合作關係。

「你說他叫做『紫蟻』是嗎？」

矯正切入正題。

「針對發生在米塔里歐的間諜謀殺案的幕後黑手，ＪＪＪ也一直有在進行調查。我們的同僚也有許多人遭到殺害。你做得太好了。」

「是啊，他好像是名叫『蛇』的帝國諜報機關的成員。你有聽過嗎？」

「我是第一次聽說耶。他們是什麼人？」

矯正將眼鏡往上推了推。

「可以把那位『紫蟻』交給我們嗎？」

「……當然可以，不過代價很高就是了。」

「條件是什麼？」

「ＪＪＪ所知關於『蛇』的所有情報。你就別撒謊說自己是第一次聽說了。」

矯正聳聳肩膀。

「好，我知道了。ＪＪＪ也想和對外情報室建立良好的關係。」

克勞斯可以直覺地確定那句話所言不假。

他決定將紫蟻交給對方。

說實話，克勞斯心裡很掙扎。「紫蟻」有可能成為珍貴的情報來源，但是他想必不會輕易招出情報，而且將其移送至異國並進行長時間監禁，風險實在太高了。把他當成討好合眾國諜報機關的禮物，或許是最好的辦法。

包括在場參與拷問在內，克勞斯又讓矯正答應了幾項條件。

「對了——」最後，矯正說道。「聽說你的上司也曾來過這裡？」

「不曉得，因為之前我沒有一起行動。」

紅爐曾在米塔里歐活動一事，克勞斯也是第一次聽說。她大概也在托爾法經濟會議上從事過間諜活動吧。雖然之前聽上司說，她和奪回生化武器一事有關。

矯正左右搖頭。

「哎呀呀，不論是『蛇』還是什麼的，這個世界究竟是發生了什麼事啊？」

他抓起樂器盒，嘆息著離去。

◇◇◇

結束激戰的三天後，少女們聚集在緹雅等人的公寓裡。

百合很沒規矩地站在桌子上，用手指著窗外，大聲宣布。

「去觀光吧啊啊啊啊啊啊啊啊！」

「「「「「喔喔喔喔喔喔喔喔喔喔喔！」」」」」

結束和紫蟻的激戰，少女們高聲歡呼。

「心情轉換得真快……」莎拉露出傻眼的表情。

任務本身在拘捕紫蟻的當下就已經結束了，但之後仍有幾件事情必須處理。

尤其對於受紫蟻折磨的「工蟻」的精神照護，是由緹雅率先著手進行。至於掩蓋事件等工作，雖然是由克勞斯負責去和合眾國的諜報機關ＪＪＪ交涉，但是少女們也不得不幫忙一部分。

在ＪＪＪ的協助下，她們一舉查出紫蟻藏匿「工蟻」的關係人。其中或許也暗藏著「蛇」的目的吧，她們打算回國後再仔細徹查情報。

現在是結束所有工作的隔天早上。

「一流間諜休息時也會卯足全力啦。」百合說道。

為了任務結束後期盼已久的觀光，少女們歡欣鼓舞。

就在這時，房間響起敲門聲，克勞斯探出頭來。

「不，沒時間觀光了。我們要馬上回去。」

「為什麼？」

百合瞪大雙眼。

克勞斯遞出一個信封。

「我和ＪＪＪ協調過了，明天警察就會發表這樣的內容。」

少女們「嗯？」地歪頭，打開那個信封。

大致看完裡面的內容後，她們同時發出「唔哇……」的驚呼。

【小百合．赫本。來歷不明，在威斯波特大樓一樓的漢堡店工作的女服務生。因殺人罪嫌接受盤問時，身上掉出手槍，之後逃走。在街上安裝炸彈，玩弄警方之後，於威斯波特大樓空中庭院焚身自殺。

有涉入七十六起死因可疑案件之嫌疑。】

「我變成超級大惡人了！」

百合發出哀號。
「小百合・赫本」是她在合眾國使用的假名。
「這個『涉入七十六起死因可疑案件』是怎麼回事啦！」
「紫蟻這半年犯下的多起殺人案、加諸在妳身上的冤罪，還有妳和安妮特引起的騷動。我和JJJ討論之後，認為這樣可以處理掉那些問題而不引起混亂。」
「太強硬了吧！」
「我們今天之內就要出國。因為妳明天就會是死人了。」
於是，觀光行程宣告暫停，她們必須即刻返國。
在那之後，米塔里歐警方所發表的內容掀起熱烈討論。和百合完全不相像的大頭照登上了電視新聞，震撼整個合眾國。
大眾所知道的，只有名叫小百合的惡女在米塔里歐和警方激戰之後，命喪威斯波特大樓的這則報導。這則傳說將隨著「大惡女小百合」這個綽號為人流傳下去，不過這件事情已經與百合無關了。
——紫蟻這個人則是被埋葬在黑暗之中。
◇◇◇

在百合的主導下，成員們決定改成在回程的渡輪上奢侈一番，她們預訂了頭等艙，展開為期一週的漫長旅程。

衝進客房之後，她們立刻在床上跳來跳去，打起枕頭戰。結果打到最後，她們決定用棉被把愛爾娜埋起來。她們把寢具堆起來圍住愛爾娜，並且將完成的女神像般的作品命名為「不自由的愛爾娜」。

看著那場鬧劇，克勞斯注意到有一名少女不在。

他在渡輪內走著，尋找她的身影。途中發現小商店，便買了爆米花。

來到甲板上，他看見一名少女站在藍天底下。

是緹雅。她似乎正在看風景。

隨著渡輪啟航，米塔里歐的建築群變得愈來愈小。之前身處主要街道之中時，總是為建築的高大深受震懾，然而現在看起來已經像模型一樣了。

她的頭髮隨風飄揚。

「緹雅。」

克勞斯從後面叫她。

「老師……」

「妳怎麼一個人在外面？妳應該沒有和其他人吵架吧？」

克勞斯站在緹雅旁邊。

海鷗和渡輪並行飛翔。克勞斯將手裡的爆米花一扔，海鷗們立刻靈活地在空中接住，然後飛走。

「我也可以試試嗎？」因為緹雅這麼問，於是他將爆米花遞給緹雅。但是她卻遲遲沒能成功，看來她的動作不太協調。

克勞斯沉穩地瞇起雙眼。

「這次妳表現得很好。要不是有妳讓羅蘭倒戈，我恐怕沒辦法找到紫蟻的藏身處。」

「這是大家的功勞啦。是大家搏命收集情報的成果。」

「既然這樣，妳為什麼要自己一人待著？如果妳是想沉浸在感傷之中，我是不是妨礙到妳了？」

克勞斯這麼問道，結果她微微搖頭。

「我只是在想點事情啦。我反而比較希望有老師陪。」

「怎麼說？」

「我很好奇，不曉得紅爐小姐以前是什麼樣的間諜……」

她好像是因為這樣，才會眺望著米塔里歐的大樓群。那是偉大間諜死去的城市。

克勞斯沒能立即回答。

「她是個猶如一團熊熊烈火的人。時而溫暖，時而將敵人燃燒殆盡……抱歉啊，由我來說明，講出來的話無論如何都會很抽象。」

找不到能夠以一句話清楚表達的語詞。

不禁對拙於說明的自己感到厭煩。

「如果說得很長，妳不會介意吧？比起由我來說明，我想講述和她之間的小故事可能會比較好。反正這趟旅程很漫長。」

「好的，那就麻煩老師了。只要是她的事情，不管幾個小時我都想聽。」

緹雅的表情頓時放鬆下來。

然後，她像是想到什麼好點子似的兩眼發亮。

「對了，機會難得，何不每晚都聽一則故事呢？這樣感覺有感情多了。如果老師願意晚上來我和葛蕾特的房間，我們就可以一邊在床上纏綿一邊——」

「妳真是學不乖耶。」

克勞斯按著額頭。

「我先聲明，世上還是有男性不喜歡討論性話題的。」

「唔……之前莫妮卡也對我說過一模一樣的話。」

「給我聽從同伴的忠告。」

「最近，莎拉和席薇亞組成了『說服葛蕾特「不要聽緹雅的建議」會』，這該不會是老師跟她們說好的吧？」

「那是她們自主發起的慈善活動。」

看來連在克勞斯不知道的地方，她也造成了問題。考慮到她的立場，克勞斯是希望她能夠更有常識一點，這難道是一種奢望嗎？

緹雅沮喪地垂下肩膀。

「真是的……老師怎麼就不能對我更溫柔一點呢？虧我們還是共患難的同伴。」

「共患難？怎麼說？」

「這還用問嗎？因為我們兩人都和『蛇』有因緣牽扯啊。」

對於一臉得意的緹雅，克勞斯沒有否定她的話。

事實上在「燈火」裡，和「蛇」有直接牽扯的人僅有少數。儘管身為保護國家的間諜，所有人確實都有立場上的關聯，不過懷有恩人遭到殺害這項動機的只有兩人。

「你不要再獨自承擔了。『蛇』的事情我也會幫忙的。」

緹雅朝克勞斯伸出手。

「我們一起成為最佳搭檔吧。」

「…………」

克勞斯感到很意外。

之前的她雖然理想崇高，卻給人一種為了那份理想空轉的感覺。總是為了理想與現實的落差而苦惱，被其他同伴弄得暈頭轉向。

可是現在，她明確地說出要怎麼做，並且告訴了克勞斯。

「……這次成長最多的人就是妳了。」

「咦？是嗎？可是我自己一點感覺也沒有——」

「——好極了。」

克勞斯回握住緹雅的手。

「我尊重妳的意志。我們兩人一起查明『蛇』的真面目吧。」

「好的，請多指教。」

緹雅在握住的手中施力。

兩人輕輕地晃動相握的手。

之後，緹雅紅著臉說「要、要是被葛蕾特誤會就傷腦筋了」便鬆開手。

「雖說是合夥，還是要避免黏得太緊才行。」

「說得也是，其實我也正有此——」

「畢竟，我身上背負著支援同伴戀情的使命！不只是葛蕾特，假使有其他人愛上老師，我也會以戀愛大師的身分給予建議——」

「妳現在馬上給我拋棄那份使命。」

見到克勞斯滿臉嫌惡地命令，緹雅笑了。

兩人就這樣平靜地交談。所幸周圍沒有人影，也沒有遭人竊聽的疑慮。克勞斯說了許多他眼中的「火焰」成員的事情。

老大「紅爐」。二號成員，克勞斯的師父「炬光」基德。嚴酷的老女人狙擊手「炮烙」蓋兒黛。喜歡玩遊戲和賭博的活潑兄弟檔「煤煙」盧卡斯和「灼骨」維勒。兼職創作情色小說的毒蛇大姊頭「煽惑」海蒂。

正當克勞斯說著已故成員的事情時，緹雅忽然想起什麼似的說。

「對了，結果那個約定還是沒能實現……」

「約定？」

「嗯，紅爐小姐答應過我，說『重逢之時，我會為妳準備一份很棒的禮物』。我一直都很期待呢。」

結果，緹雅和紅爐沒能重逢，也收不到那份禮物。

「…………」

克勞斯把手抵在嘴邊，默默思考。

「咦？老師，你怎麼了？」

「我在想，老大一向安排周到，她應該生前就已經準備好了。因為這份職業本來就不知道何時會死去。」

「你有頭緒嗎？」

「不，完全沒有。老大死後，我有確認清點過她留在陽炎宮的物品，但是裡面沒有類似的東西……」

他像在搜尋記憶般陷入沉默，卻還是找不出答案。

緹雅面露苦笑。

「搞不好，她藏在連老師你也不知道的地方呢。」

「……說得也是。老大那個人，確實有可能做出把重要物品藏在地板下這種事。」

「既然如此，那下次把牆壁拆開看看好了。」

「拜託不要。至少讓我再去老大的房間找一遍——」

克勞斯止住話。

緹雅也同時瞪大眼睛。

想起來了。想起一個月前發生的麻煩——

「「現在那個房間——」」

兩人同時呻吟。

渡輪抵達共和國後，克勞斯和緹雅搶在其他同伴前面，先行回到陽炎宮。他們前往的地方是位於二樓中央，比其他房間寬敞一些的寢室。

睽違一個月再見，慘況依舊。

那是被安妮特的炸彈徹底炸毀的百合的房間。牆壁依然只是用防水布蓋起來，尚未進行修繕。房內也還殘留著燒焦痕跡和裂痕。

克勞斯觸碰半毀的牆壁，用刀子敲碎變得脆弱的地方。緹雅也逐一確認裂開的地板縫隙。

「找到了。」

率先發現的是克勞斯。

他從牆壁中取出一個小鐵盒。要是安妮特沒有弄壞房間，大概就找不到了吧。這簡直就是奇蹟。

「緹雅，妳來開。這應該是要給妳的禮物沒錯。」

「嗯……」

緹雅接過盒子，倒吸一口氣。

——紅爐留下的最後物品。

緹雅用緊張得發抖的手指，慎重地打開盒子。

裡面裝的是一根奇怪的棒子。黃銅材質的棒子造型細長，上面還有許多凸起物。雖然是從未見過的東西，緹雅卻知道有一樣東西與其相似。

「……鑰匙？」

儘管是不曾見過的形狀，但恐怕是鑰匙沒錯。

拿給克勞斯看，結果他也一頭霧水。這把鑰匙好像連他也不清楚用途。

盒子底部還有一張小卡片，上面寫著：

——送給超越我的少女。

簡短的文字。可是，這樣的內容便已非常足夠了。

緹雅眼頭一熱。

她們終究沒能重逢。紅爐的志向破滅，緹雅也沒能達成和她一起活下去的夢想。兩人的關係最終以壞結局作收。

但儘管如此，紅爐還是留下了許多事物。

「老師……」

緹雅用顫抖的聲音詢問。

「現在……只要現在就好，可以把胸膛借給我嗎……？」

克勞斯什麼話也沒說，只是輕輕撫摸緹雅的頭，然後依偎在不住啜泣的她身旁。

◇◇◇

緹雅停止哭泣之時，其他成員也陸續回來了。

少女們自然而然地，聚集在克勞斯二人所在的半毀房間。她們一臉不可思議地看著眼睛紅腫的緹雅，然後像是察覺到什麼地拍拍她的背。

全員到齊之後，百合大聲拍手。

「好了！既然重大任務結束了，接著就來修理我的房間吧！」

這項業務擱置已久。

如此龐大的修繕工程，光憑少女們實在做不來，因此必須找業者來處理才行。那些是會嚴守祕密，間諜御用的工匠。

聽到百合自顧自地說「好想要順便改造一下喔～」，緹雅開口了。

「百合，拜託妳，可以請妳趁這個機會跟我交換房間嗎？」

「咦？交換房間？」

「因為我想繼承紅爐小姐的房間嘛。好不好？我們今天就交換吧。」

緹雅偏著頭，臉上露出撒嬌的笑容。

反觀百合則是眉頭深鎖。

「唔……我是可以理解妳的心情啦，可是這個房間比較寬敞，採光也比較好。」

「我可以教妳搭訕男人的技巧。」

「妳為什麼會覺得那個能夠當作交涉籌碼？」

百合和緹雅兩人為了房間鬥起嘴來。

對此，「……不。」葛蕾特說話了。

「紅爐小姐的房間，應該由老大繼承才合理吧……？」

少女們的視線全都集中在克勞斯身上。

他從「火焰」時代起就不曾更動自己的房間，一直使用就算說好聽點也稱不上方便、位於角落的邊間。

克勞斯搖頭。

「還有，不要叫我老大。」他說出一貫的台詞。
每次葛蕾特叫他「老大」，克勞斯總是予以否定。在他心中，應該被稱為「老大」的就只有紅爐。「燈火」成立至今，他始終逃避「老大」這個稱呼，而他之所以不繼承紅爐的房間也是基於相同理由。
可是，這一次葛蕾特也很頑固。
「……不是的。是因為老大你已經是這個團隊的老大了。」
「嗯……」
克勞斯一時無法反駁。
正當他想不出好回答時，安妮特笑著說「大哥！本小姐也這麼認為！」，愛爾娜也「呢」地表示贊同。
席薇亞神情愉悅地戳了戳克勞斯的手臂。
「有什麼關係嘛。既然我們都畢業了，你也該從那種不上不下的立場畢業啦。」
——畢業。
那是執行任務前，克勞斯對少女們說過的話。他說，只要達成這件任務，妳們便是獨當一面的間諜。
她們達成嚴苛的任務，展示了自己的成長。儘管還有許多不足之處，但已達到能夠從培育學校畢業的水準。她們的成長速度超乎想像。

並且，又將朝向下一個舞台邁進一步。

與「蛇」之間的戰爭勢必會比以往更加艱難。不，敵人或許不只是「蛇」，恐怕也得面對其他強大的敵人。

既然如此——自己也是時候下定決心了。

克勞斯的老大已經死了。如今，自己才是領導她們的人。

「說得也是——我是『燈火』的老大。」

克勞斯大方地回應。

是間諜、老師，也是少女們的老大。

百合笑道：「不過，我還是習慣繼續用『老師』稱呼你啦。」莫妮卡一副高高在上地說：「你總算有了自覺，那真是再好不過了，克勞斯先生。」席薇亞一臉難為情地說：「嗯，那就拜託你啦，老大。」葛蕾特點點頭說：「我的心願終於實現了……老大。」莎拉低下頭說：「再、再次請你多多指教，老、老大。」安妮特大聲地說；「本小姐覺得大哥就是大哥！」愛爾娜則「呢！老師就是老師呢」地表示同意。

最後，緹雅微笑著說：「我很期待你成為我的搭檔喔，老師。」

「結果稱呼還是沒有統一嘛。」

改變稱呼的只有席薇亞和莎拉。不過，克勞斯當然不介意她們怎麼稱呼自己。
可是，作為與過去的分界，這樣已經足夠了。
克勞斯「——好極了」地嘟噥一句。這種感覺還不壞。
戰鬥即將邁向下一個舞台。

後記

the room is a specialized institution of mission impossible
code name yumegatari

這雖然不是應該出現在第四集後記的內容，還是請各位讓我說說寫第三集時的事情。

其實《間諜教室》這部作品，我本來從系列一開始時就打算要在第四集劃下一個段落。在第一集讓八名少女全部登場，第二、三集分別深入描述四個角色，然後第四集再次讓所有人集結，痛快地完成任務——我是這麼預想的。

可是，我一直到最後都很猶豫要讓哪一位少女擔任第四集的主角，真的是都要想破頭了。

原本我是預定由緹雅來擔任，但是後來卻出現讓我漸漸覺得「不，還是應該選她呢？」的強勁對手。

沒錯，就是愛爾娜。

更重要的是，大家不覺得她很適合嗎？明明從第一集開始就有戲份，卻因為各種因素很少出現在插畫中，甚至連２０２０年12月的現在要商品化了，都被排除在外的少女！也該讓她在第四集，也是值得紀念的第一季完結篇中擔任主角了吧！（應該說，真的好可憐。）

可是，我在寫第三集時注意到一件事。

「呢！」「呢！」「呢？」「呢！」「不幸……」「呢？」

然後立刻就明白了。

（啊，不是她……）

雖然我非常喜歡這個角色，可是總覺得應該要讓她在別的故事中發光發熱，要當主角還得再稍等一會兒。於是，第四集就決定由緹雅擔任主角了。

好了，以下是報告事項——在間諜教室第四集發售時，由せうかなめ老師執筆的漫畫版第一集也已經發售了（註：此指日版）。少女們吱吱喳喳的熱鬧場景，畫成漫畫之後更加迷人，充滿了文章所描寫不出的魅力！（尤其安妮特和愛爾娜真的好可愛。）

劇本也是由我重新寫成。從漫畫版第一集後半開始，將走向和小說不同的獨創劇情。我希望在せうかなめ老師的大力幫助之下，能夠呈現出漫畫獨有的戲劇張力，雖然大部分都還是仰賴老師的功力啦。我真的好喜歡第五章。

最後是預告。從下一集開始，《間諜教室》即將進入第二季。真是太棒了。我本來將其內容以「NEXT MISSION」的名稱寫在結尾處，但是因為有點太過刺激，結果被出版社用「這樣會破壞餘韻！」的理由不予採用。我好像太積極進攻了。

之後的戰鬥將會相當嚴酷，敬請各位拭目以待。關鍵字是「弱者」。那麼，大家再見。

竹町

©Myojin Katou, Sao Mizuno 2020 / KADOKAWA CORPORATION

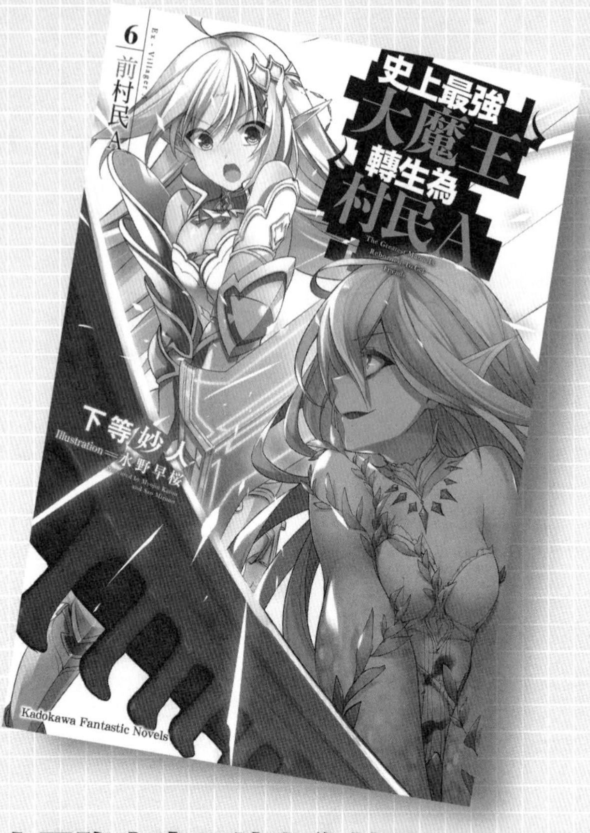

史上最強大魔王轉生為村民A 1~6 待續

Kadokawa Fantastic Novels

作者：下等妙人　插畫：水野早桜

因世界最大宗教而引發的戰爭──
「前魔王」的校園英雄奇幻劇第六集！

　　在美加特留姆發生的事件，讓五大國之間的關係輕易瓦解，使得戰爭的烽火不斷壯大──因阿賽拉斯聯邦的暴舉，拉維爾魔導帝國被侵略，而返回薩爾凡家的吉妮被俘虜！聽聞此事的亞德一行人緊急趕往，然而……世界滅亡的危機迫在眉梢──

各 **NT$220~240/HK$73~80**

©Rifujin na Magonote, Asanagi 2020 / KADOKAWA CORPORATION

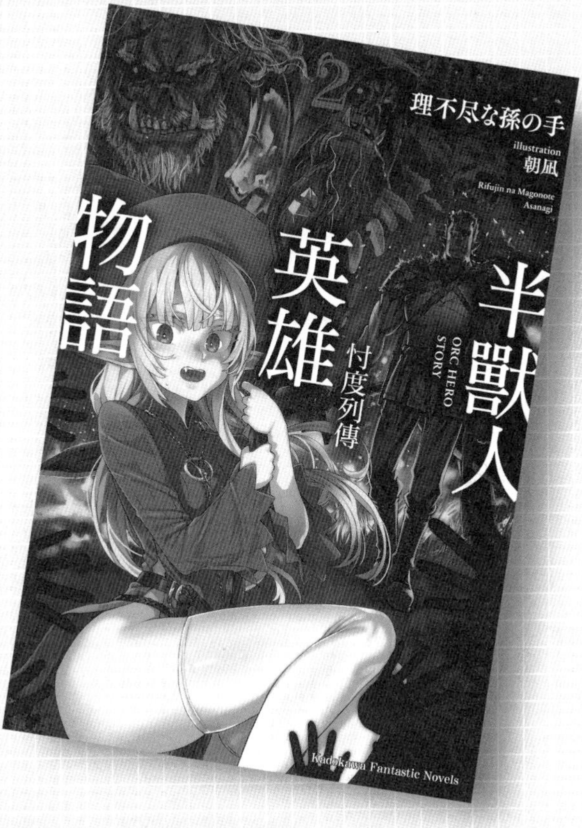

半獸人英雄物語 忖度列傳 1~2 待續

Kadokawa Fantastic Novels

作者：理不尽な孫の手　插畫：朝凪

霸修來到精靈國找尋新娘人選，
人氣數一數二的女主角正式參戰！

來到精靈國的霸修要找尋下一名新娘人選，妖精捷兒告訴他令人震撼的事實：「聽說目前精靈國正流行跟異族聯姻！」然而霸修發現這需要錢，便決定獵殺喪屍來賺錢。桑德索妮雅是被挑上的新娘人選，霸修不知道她就是自己在以往戰爭中打敗的大英雄……

各 NT$220/HK$73

©Nana Nanato, Siokazunoko 2021 / KADOKAWA CORPORATION

身為VTuber的我因為忘記關台而成了傳說 1 待續

Kadokawa Fantastic Novels

作者：七斗七　插畫：塩かずのこ

中之人與螢幕形象的
巨大反差＝衝突美？

Live-ON三期生，以「清秀」為賣點的VTuber心音淡雪，因為忘記關台而把真面目暴露得一覽無遺！沒想到隔天非但沒鬧得雞飛狗跳，甚至因為反差效果而大紅大紫！結果——「好咧！來加把勁直播啦——！」放縱自我的她，就這樣衝上了超人氣VTuber之路？

NT$200/HK$67

©Harushi Fukuyama, Siso 2021 / KADOKAWA CORPORATION

一房兩廳三人行 1～4（完）

Kadokawa Fantastic Novels

作者：福山陽士　插畫：シソ

「暑假結束前，可以待在你身邊嗎？」
人氣沸騰的居家喜劇在此完結。

27歲上班族與兩名女高中生共度一個夏天的故事迎來高潮。始於未曾料想的契機，三人一同生活至今。各自的夢想、希望、遺憾與淡淡情愫膨脹到一房兩廳已經裝不下，帶來了振翅飛向未來的勇氣。每個人的決定、故事的結尾將會如何？

各 **NT$200~220/HK$67~73**

©Makiko Nagaoka, magako 2021 / KADOKAWA CORPORATION

位於戀愛光譜極端的我們 1~2 待續

Kadokawa Fantastic Novels

作者：長岡マキ子　插畫：magako

難以置信、不想相信，誰來告訴我這是假新聞！
即使分隔兩地，人家依然相信你喔。

第一學期結束時，一則衝擊性的大新聞橫掃整間學校。那就是邊緣人集團之一的加島龍斗與萬人迷的白河月愛開始交往了！即使周圍的人們對兩人的關係議論紛紛，他們仍然相信著彼此……？這是描述一場夏日的誤會，以及兩顆心相印的故事！

各 NT$220/HK$73

©Yu Omiya, Ale 2021 / KADOKAWA CORPORATION

小惡魔學妹纏上了被女友劈腿的我 1~4 待續

Kadokawa Fantastic Novels

作者：御宮ゆう　插畫：えーる

與學妹真由展開期間限定的「體驗交往」!?
搖擺於愛情與友情之間，有些成熟的戀愛喜劇第四集！

解開劈腿那件事所帶來的芥蒂，我跟前女友禮奈都踏出了新的一步，但也並非重修舊好，只是成為互相理解並能談心的好對象。這時，總是泡在我家的學妹真由與我的關係也逐漸改變，我們展開期間限定的「體驗交往」，開啟情侶模式的她將我耍得團團轉……

各 **NT$220~240/HK$73~80**

國家圖書館出版品預行編目資料

間諜教室. 4,「夢語」緹雅/竹町作；曹茹蘋譯. --
初版. -- 臺北市：臺灣角川股份有限公司, 2022.06
面；　公分. -- (Kadokawa fantastic novels)
譯自：スパイ教室. 4,《夢語》のティア
ISBN 978-626-321-526-9(平裝)

861.57　　111005654

Kadokawa
Fantastic
Novels

間諜教室 4
「夢語」緹雅

（原著名：スパイ教室4《夢語》のティア）

2022年6月22日　初版第1刷發行
2023年6月30日　初版第3刷發行

作　者：竹町
插　畫：トマリ
譯　者：曹茹蘋

發行人：岩崎剛人
總編輯：蔡佩芬
副總編輯：朱哲成
美術設計：莊捷寧
印　務：李明修（主任）、張加恩（主任）、張凱棋

發行所：台灣角川股份有限公司
地　址：104台北市中山區松江路223號3樓
電　話：（02）2515-3000
傳　真：（02）2515-0033
網　址：www.kadokawa.com.tw
劃撥帳戶：台灣角川股份有限公司
劃撥帳號：19487412
法律顧問：有澤法律事務所
製　版：尚騰印刷事業有限公司
ISBN：978-626-321-526-9

※版權所有，未經許可，不許轉載。
※本書如有破損、裝訂錯誤，請持購買憑證回原購買處或連同憑證寄回出版社更換。

SPY KYOSHITSU Vol.4 《YUMEGATARI》 NO TEIA
©Takemachi, Tomari 2020
First published in Japan in 2020 by KADOKAWA CORPORATION, Tokyo.
Complex Chinese translation rights arranged with KADOKAWA CORPORATION, Tokyo.